告白予行練習

初恋の絵本

原案／HoneyWorks

著／藤谷燈子

18850

角川ビーンズ文庫

スキスキ
もくじ
Contents
本文イラスト／ヤマコ
熱愛

introduction ～イントロ～

「へえ！　一週間後には結婚式《けっこん》なんだ」

僕の伸《の》び切った髪《かみ》を確認《かくにん》しながら、美容師の星野《ほしの》さんが口笛を吹《ふ》く。

高校時代から担当してもらっているだけに、人見知りの僕も変に気負うことなく、こうして世間話で盛り上がれるまでになっていた。

「そうなんです。二人とも高校時代の同級生で、式にも呼んでくれて……」

「すごいね、新郎《しんろう》新婦も同じ高校だったの？　もしかして、在学中からの付き合いとか？」

僕は鏡越《ご》しにうなずき、なぜか自慢《じまん》げに答えていた。

「しかも、幼なじみ同士なんですよ」

「マジで？　青春だなあ、甘酸《ず》っぱいなあ」

星野さんはノリよく答えてくれつつ、手のほうもきっちり動かしている。

ざくり、ざくりと髪が切られていく音を聞きながら、不思議とすっきりした気分になる。

だからだろうか、つい余計な言葉までこぼれた。

「……実は、僕の初恋《はつこい》の人だったんです」

星野さんは一瞬《いっしゅん》手を止め、鏡越しに僕を見つめた。

「どんな子だったの？」

「えっ……」

改めて聞かれると、うまい言葉が見つからない。

彼女のことを思い出すたび、いまでも胸の奥がしめつけられるような感覚になるし、苦いものがこみ上げてくる。だけど、それすらも僕にとってはしあわせで――。

「彼女は、真夏の太陽みたいな人でした」

目を伏《ふ》せると、あざやかに高校時代がよみがえってくる。

まぶしくて、切なくて、いつだって全力だった日々が。

Miou Aida

合田《あいだ》美桜《みおう》

誕生日／3月20日
うお座
血液型／A型

美術部副部長。
引っ込み思案な努力家。
春輝への想いを言い出せないでいる。

chapter 1 ～1章～

高校最後の夏は、いつにもましてあっという間に過ぎていった。

まだ夏休み気分から抜《ぬ》け切れないでいる美桜《みおう》を置き去りにして、季節は着実に秋へと移り、日に日に夕焼けの訪《おとず》れが早くなっている。


美桜は階段の最上部に座りながら、沈《しず》んでいく太陽をぼんやりと眺《なが》めていた。

(……こうやって二人で帰るの、ひさしぶりだなあ)

足元に伸びる影《かげ》が、今日は二人分ある。

たったそれだけのことなのに、口元がほころんでいくのがわかった。


ちらりと横に視線を滑《すべ》らせると、春輝《はるき》も同じように夕陽を眺めていた。

最近は少し肌寒《はだざむ》くなってきたけれど、春輝の首元は今日も涼《すず》しげだ。いつも何かと動き回っているから、ブレザーの下に着たセーターだけで充分《じゅうぶん》なのかもしれない。

親友の幼なじみ。なんとなく気があって、一緒《いっしょ》に帰る同級生。

誰《だれ》かに春輝との関係を聞かれたら、美桜はそんな風に説明するだろう。


だが、周囲には秘密にしていることがあった。

春輝は映画研究部に、美桜は美術部に所属しているが、それぞれの部活動とは関係なく、二人で映像作品をつくっていたことがあるのだ。

脚本《きゃくほん》を春輝が、イメージイラストを美桜が担当し、すでにある程度まで形になっている。

けれど、お互《たが》いに部活動や勉強に時間をとられるようになっていき、結局、高校三年生の秋になっても未完成のままだった。


(……私のほうから完成させようよって言ったら、もっと違《ちが》ってたのかな)

春輝は忙《いそが》しいだろうと遠慮《えんりょ》していたが、本当は口に出してもよかったのかもしれない。

そうやって、美桜は言葉をのみこんでしまうことが多かった。

いまも隣《となり》に並んで座っているが、しばらく会話は途切《とぎ》れたままだ。

（うう、何かしゃべらなきゃ……）

そう思うのだが、緊張《きんちょう》のせいで頭は真っ白だ。

沈黙《ちんもく》に耐《た》えられず、話題も見つからず、美桜は何度もマフラーの位置をいじってしまう。

（ああ、ますます暑い……。でも春輝君に、赤い顔を見られずに済むし……）


そこまで考えて、美桜はふっと苦笑《くしょう》をのみこむ。

春輝のそばにいて緊張してしまったのは、もう昔のことだ。出会った頃《ころ》は、声をかけられるだけで赤くなっていたけれど、最近は気軽に冗談《じょうだん》くらい言える仲になっていた。

（なのに、また逆戻《ぎゃくもど》りしちゃった……）


最後に二人で一緒に帰ったのは、夏休み前だった。

そのときは普通《ふつう》にしゃべっていたし、ぎこちない空気も漂《ただよ》っていなかった。

気まずくなってしまったのは、映画研究部とのミーティングでの出来事がきっかけだ。

（……あれから、もう二ヶ月も経《た》つのになあ）

苦労して覚えたはずの英単語はあっけなく抜け落ちていくのに、忘れてしまいたい出来事ほど深く記憶《きおく》に刻まれてしまうのはなぜだろう。

あの日のことは、嫌《いや》になるほど鮮明《せんめい》に覚えている。

『へえ、同じこと考えてる奴《やつ》がいるとは思わなかったな』

『イメージが降ってくる、ね。そういうとこも一緒なんだな』

そんな風に、春輝は美桜の親友のあかりと楽しそうに言葉を交《か》わしていた。

天才同士、美桜にはわからない言葉をしゃべっているかのようで、目の前にいる二人の声が遠く離《はな》れた場所から聞こえてくるように感じていた。


ところが美桜の絵に対しては一転、辛辣《しんらつ》な感想ばかりだった。

『なんつーか、表情が硬《かた》くね？』

『すごく上手《うま》いけど……やっぱなんか、お手本みたいなんだよな』

春輝の発言に裏表がないことは、美桜もよくわかっていた。

嫌《いや》みでもないし、批判のつもりもなく、思ったことをそのまま言葉にしただけのことだ。

だからこそ、あかりとの落差がつらかった。

痛みは棘《とげ》のように刺《さ》さったまま、やがて蔦《つた》を生やし、じわじわと胸をしめつけてきた。そして気づいたときには、もう美桜は身動きがとれないほどになっていた。

春輝と一緒にいるのが苦しい。

あかりと自分を比べてしまって、切なくなる。

そんな自分が嫌で、美桜は春輝と距離《きょり》を置くことを選んだ。


『コンクール用の作品が完成するまで、なっちゃんとあかりちゃんと一緒に帰ります。

春輝君も、映画がんばってね』

ミーティングの翌日、春輝にメールを送ると『わかった。がんばれ』とだけ返信があった。

理由も聞かれなかったし、いつまでとも確認《かくにん》されなかった。

(自分から言い出したのに、さびしいって思うなんて……ほんと、わがままだよね……)


けれど今日、春輝のほうから一緒に帰ろうと声をかけてくれた。

何も聞かずに、ただ隣を歩いてくれている。

このまま美桜も受け入れたなら、明日《あした》からまた一緒に帰れるはずだ。

たったそれだけで、春輝と夏休み前の関係に戻《もど》れる。

(でも、本当にそれでいいのかな……?)

棘が刺さった胸が、じくじくと痛む。

考えれば考えるほど、答えから遠ざかっていく気がした。

(私は……)

春輝と、どうなりたいのだろう。

(私は……)

夏樹《なつき》のように告白などできないし、あかりのように春輝と感覚を共有することもできない。

自分にできることは、友だちのポジションを守り抜くことだ。

まずは、この場の沈黙をなんとかしなくては。

今度は自分から話題をふる番だと、美桜は意を決して口を開いた。

「は……春輝君って、好きな人とかいる?」

思ってもみない言葉が飛び出し、とっさに「えっ」と小さく叫《さけ》んでいた。

質問をぶつけられた春輝も、ぽかんと目を丸くしている。

「あ、いやっ、えっと……」

美桜は顔の前で両手を勢いよくふりながら、必死に言葉を探す。

(な、なんて言えばいいんだろう？『ウソだよ』でもないし『冗談だよ』も変だし……)

あたふたしている間に、春輝の落ちついた声がするりと耳に滑《すべ》りこんでくる。


「うん、いるよ」

一瞬《いっしゅん》、耳を疑った。

答えが返ってきたことに、何よりその内容に驚《おどろ》いて、美桜はまじまじと春輝を見つめる。

けれど春輝は顔をそむけて、美桜からは表情がうかがえなくなってしまう。

「好きなやつ、いるよ」

もう一度、念を押すように春輝が告げた。

美桜はドンッと勢いよく心臓を押されたような感覚に襲《おそ》われ、視界が白く染まった。

「あ……そうなんだ」

まだ息が整わない中、気がつくと半ば無意識に答えていた。

声はかすれ、ささやくような音量だったけれど、春輝の耳にもきちんと届いたらしい。視線はそらされたまま、質問だけが返ってくる。

「美桜は？」


いっそ正直に答えてしまおうか。

そう思ったけれど、身体《からだ》のほうが正直だった。

唇《くちびる》はふるえ、視線が泳ぎ、力なくうなだれてしまう。

視線の先には、階段に置かれた春輝の左手があった。

その横には自分の右手も置いてある。

伸《の》ばせば確実に届く距離だ。行動に移せば、あっけなくふれられるだろう。

だが実際は、指一本動かすこともできない。

美桜はこみ上げてくる感情ごとふりきるように、思いきり首をそらした。

そして勢いをつけたまま、痛みに震《ふる》える肺から声を絞《しぼ》りだす。

「いるよっ」


言った。言ってしまった。

時間が巻き戻せないように、口にした言葉をなかったことにはできないのだ。

美桜はぐっと拳《こぶし》をにぎりしめ、春輝の反応を待つことなく立ち上がった。

隣《となり》で息をのむ音が聞こえたけれど、美桜はぐっと唇を噛《か》み、ふりかえるのをこらえる。

そのまま置きっぱなしだった鞄《かばん》を持ち上げ、階段を一段、また一段と降りていく。

四段目に足をおろしかけ、そこでようやく春輝の顔を見た。

「私、用事を思い出したから帰るね」

「……ああ、じゃあな」

美桜は小さくうなずいてみせ、逃《に》げるように階段を駆《か》け下りる。

歪《ゆが》む視界に映る夕焼けは、泣きそうなほどに綺麗《きれい》だった。


「あっつーい！　まだ七月なのに、この暑さって……」

「ふふっ。今年もアイスが美味《おい》しく食べられそうだねえ」

「たしかに！　それじゃあ帰りに、駅前のジェラート屋さんに寄ろっか」

少し早くに四限が終わり、昼休みを前にした教室はにぎやかだ。

楽しそうに話す夏樹とあかりに、美桜も机の上を片づけながらうなずく。

「ジェラートかあ、いいねえ」

「わーい、美桜ちゃんも参加だね」

両手をあわせて微笑《ほほえ》むあかりの隣で、夏樹も「やったー」と笑顔《えがお》を見せる。

（そっか、もうすっかり夏なんだなあ……）

夏樹とあかりの明るい声に耳を傾《かたむ》けながら、美桜はほうっと息をつく。

まだ先のように思っていたけれど、あと半月もしないうちに夏休みだ。

美桜たち三年生にとっては、いつも以上に特別な時間でもある。

どうしても卒業までの残り時間を意識するし、実際に動き出さなくてはならない。美桜自身も美術大学への受験に向け、予備校の夏期講習が控《ひか》えていた。

夏休み期間中、夏樹とあかりとは何回遊べるだろうか。

二人とは同じ美術部に所属しているから、休みの間も顔をあわせることはできる。

だが気軽に会うには、少しハードルが高そうだ。コンクールに向けて作品を描《か》くほかに、三人の中の誰《だれ》かが、映画研究部の新作映画に協力することになっていた。

（……誰かっていうか、あかりちゃんかな）

放課後にあるミーティングまで待たなくても、なんとなく結果は見えている気がした。

もちろん、いまの時点ではどんな絵が求められているかわからないのだし、夏樹にもあかりにも美桜にも、三人に同じだけ可能性があるように思う。

けれど、それでも、あかりが選ばれるのだろうなという予感が消えることはなかった。

それだけ彼女の才能は突出《とっしゅつ》していたし、美桜にとっても憧《あこが》れだった。


「今日は風もあるし、ひさしぶりに中庭で食べよーよ」

「わあ、ピクニックみたいでいいね！」


ぼんやりとしている間に、美桜の机の前に夏樹とあかりが集まっていた。

二人の手には、夏樹おすすめの雑貨屋さんで一緒《いっしょ》に買った保冷バッグがにぎられている。夏樹はオレンジと白のストライプ、あかりは白とピンクのドット柄《がら》だ。

カラフルなバッグが揺《ゆ》れるのを見て、美桜も慌《あわ》てて席から立ち上がる。

「そうだね、木陰《こかげ》なら日差しも強くないだろうし……」

白と水色のチェック柄の保冷バッグを手に美桜も同意すると、夏樹が神妙《しんみょう》な顔でうなずく。

「そこ大事！　下手《へた》したら、また髪《かみ》がチリチリになるもん」

「……あっ」

いい場所を確保しに行こうと意気込む夏樹だったが、ふいにあかりがつぶやいた。

穏やかな表情が、急に硬《かた》いものになる。

(何か用事でも思い出したのかな……?)

美桜の予想通り、次の瞬間《しゅんかん》、あかりは拝むように顔の前まで手を持ち上げた。

「ごめん! ちょっと用があるから、二人で先に食べてて」

「そうなの? 用事が終わるまで待ってるよ?」

美桜も夏樹に同意するが、あかりは笑顔のまま首を横にふる。

「時間読めないし、悪いからいいよ」

「え、でも……」

「それじゃあ、行ってきまーす」

夏樹の声をふりきるかのように、あかりは髪をなびかせ教室から出ていってしまった。

残された二人は、どちらからともなく顔を見あわせる。

「あかり、なんか様子変じゃなかった……?」

周囲を気にしてか声をひそめる夏樹に、美桜も内緒話《ないしょばなし》をするように口元を手で覆《おお》う。

「もしかしたら、誰かと待ちあわせがあるのかも」

「……あ、なるほど。男子に告白されに行ったってことか」

美少女で性格もいい親友が、その手の呼び出しを受けるのは日常茶飯事《さはんじ》だ。

夏樹もすぐにピンときたようで、「そっかそっか」とうなずいている。

「いまみたいに理由を言わないときは、いつもそうだしね」

あかりはどちらかといえば天然で、あっけらかんとしたところもあるが、誰かに告白されたことを自分から周囲にもらしたことはない。

美桜の指摘《してき》に、夏樹は感心したように息をつく。

「言われてみれば、そうかも……。美桜はよく見てるよね」

「そ、そうかな？」

褒《ほ》められているとわかっているのに、居心地《いごこち》の悪さを感じてしまうのはなぜだろう。

美桜は誤魔化《ごまか》すように、どこかぎこちなく笑い返すしかなかった。

「にしても、あかりは本っっ当にモテるなあ」

夏樹はこれでもかと溜《た》めて言ったけれど、そこには茶化《ちゃか》す空気もなければ、ひがんでいるような響《ひび》きも感じられなかった。

親友の苦労を垣間見《かいまみ》ているからに違《ちが》いない。

いくらあかりが口を閉《と》ざしていても、フラれた相手や、告白現場を目撃《もくげき》した人たちから情報がもれ、拡散されていってしまうのだ。

唯一《ゆいいつ》の救いは、あかりを悪く言う人がいないことだろう。

(あかりちゃん、相手によって態度を変えたりしないもんね)


実は美桜も、それらしき現場に遭遇《そうぐう》してしまったことがある。

相手は同学年の、テニス部の部長だった。

あとで知ることになったのだが、買い物中にスカウトされ「読モ」をやっているとか、試合のたびに他校からも応援《おうえん》が来るとか、話題に事欠かない人物だったらしい。

それもあってか、自分に自信があるタイプだったようだ。


『すみません。よく知らない人とは、お付き合いできないです』

美桜が忘れものを取りに教室に戻《もど》ったときには、すでに告白は終わっていたようで、あかりがぺこりと頭を下げているところだった。

ところが相手は引き下がることなく、どこか慣れた様子で続けた。

『じゃあさ、俺に一週間だけちょうだい？　その間に、アリかナシか試《ため》してよ』

『えっ、友だちでいる期間を先に決めておくんですか?』

微妙《びみょう》に会話が嚙《か》みあっていなかったけれど、相手は何かを納得《なっとく》したように笑っていた。

だから早坂《はやさか》さんは難攻不落《なんこうふらく》なんだね、と。

あかりが、わざと話をはぐらかしたとは思わなかったのだろう。計算ではなく素《す》の発言だと受けとったからこそ、潔《いさぎよ》く身を退《ひ》くことを選んだに違いなかった。

「三年生になって少し落ちついたみたいだったけど、最近また増えてるっぽいよね。夏休み前の駆《か》け込みってやつなのかな? そういえば春輝も呼び出されたって言ってたし」

教室のドアを開けながら、夏樹が心配そうに言う。

初耳だった美桜は、危《あや》うくドアのレールの溝《みぞ》につまずきそうになる。

「そ、そうなんだ……」

思ったよりも深刻そうな声が出てしまい、美桜は慌てて口をふさいだ。

夏樹は「しまった」と言いたげに、あわあわと両手をふる。

「でも、あの、ちゃんと断ったって! そりゃそうだよね、映画バカだもん」

春輝と幼なじみの夏樹が言うのだ、本当なのだろう。

だからこそ、考えずにはいられなくなる。

この先、自分が告白したとしても、同じ結末になるのだろうかと。

（……私じゃ、映画には勝てないよ）


黙《だま》ってしまった美桜をどう思ったのか、夏樹が話題を変えようとしてくれる。

「呼び出しといえば、恋雪《こゆき》くんもファンクラブ？　みたいなのができたんだって。一対一じゃないから、部活中も取り囲まれたりして大変みたい」

恋雪の話題は、美桜の耳にも届いていた。

彼の劇的な変身ぶりは、からかい半分に詐欺《さぎ》とさえ言われている。

（言い方はヒドイけど、それだけみんな驚《おどろ》いたってことなのかも）


恋雪が変身したのは、今月のはじめ。

なんの前《まえ》ぶれもなく長かった髪を切り、眼鏡《めがね》からコンタクトに変えて登校してきた。

美桜も驚きはしたが、直接本人に伝えたことはない。クラスメイトではあるけれど、これまで恋雪と話した回数は多くなかったからだ。

（クラスでも本当に仲がいいのは、なっちゃんくらいなんだろうな……）

夏樹は気づいていないようだが、恋雪が変身したきっかけはたぶん彼女にある。

二人が漫画《まんが》を貸し借りする様子をそばで見ているだけでも、恋雪の夏樹に対する想《おも》いは伝わってきた。それこそ「駆け込み」ではないけれど、卒業する前に、せめて告白だけでもしたいと思ったのかもしれない。


「なっちゃんこそ、瀬戸口《せとぐち》君とは進展あった？」

美桜はあえて恋雪のことにはふれず、夏樹の事情へと踏《ふ》みこんだ。

うっ、と言葉に詰《つ》まって、夏樹が階段の前で足を止める。

少し待つと、ぼそぼそとした声が聞こえてきた。

「……相変わらず、自分のことを練習台だと思いこんでるみたい」

長い片想いにピリオドを打とうと、夏樹が幼なじみの優《ゆう》に告白したのは先週末のことだ。

勇気を出して想いを告げたところまではよかったのだが、返事を待つ間の緊張感《きんちょうかん》に耐《た》えかねて、つい「予行練習」だと言ってしまったらしい。

優もその言葉を信じ、夏樹の本命は別にいると誤解している。

そして夏樹は否定できないまま、本人を相手に告白の練習を重ねるという、なんともややこしい事態になっていた。

（なっちゃんが落ちこむのもわかるけど、でもやっぱりすごいと思う……）

告白することも、アクシデントにくじけず再挑戦《ちょうせん》しようとしていることも、美桜にとっては崖《がけ》からバンジージャンプするくらい勇気がいることだ。

自分の気持ちに素直《すなお》で、実際に行動に移せる夏樹は、まぶしい存在だった。


「そういう美桜はどうなの？」

ふりかえった夏樹と目があい、美桜はとっさに視線と話題をそらす。

「……あかりちゃんが戻ってくる前に、ベンチをとっておかないと！」

言い逃《に》げするように階段を駆け下りると、遅《おく》れて夏樹の反応がやってくる。

「えっ？　あっ、待ってよー」

夏樹の声を背中で聞きながら、急激に熱くなった頬《ほお》へと手を伸《の》ばす。

(大丈夫《だいじょうぶ》かな、赤くなってないかな?)

バレバレな態度をとってしまうくらいだ、夏樹は美桜の気持ちをお見通しだろう。

隠《かく》すも何も知られているのに、逃げ回ってしまうのはなぜだろうか。

なんだかはずかしいから。夏樹と春輝は幼なじみだから。

理由はいくつか挙げられるけれど、一番の理由はほかにあることを自覚していた。

(……私なんかが、春輝君を好きだなんて言えないよ)


春輝はもともと何につけても平均以上で、注目の的だった。

さらに自主映画が次々に賞を獲《と》ったことで、二年生になる頃《ころ》には、ますます女子からの人気を集めるようになっていた。

(映画研究部ができたときなんか、女子の入部希望者が殺到《さっとう》したもんね)

彼女たちの入部が実現しなかったのは、夏樹が言うように「映画バカ」な春輝に、優と蒼太《そうた》が配慮《はいりょ》して、上手《うま》く予防線を張ったからだった。以降、部員は男子だけというのが暗黙《あんもく》の了解《りょうかい》になり、女子は遠巻きに見守っている。

例外は、夏樹と美桜だけ。

状況《じょうきょう》だけ見れば、幼なじみの夏樹はともかく、美桜はやっかみを受けそうなものだったけれど、周りの女子たちはどこか安心しているようだった。

春輝と美桜は、ただの友だちに過ぎないのだということに。


（……この距離感《きょりかん》は、ずっと変わらないのかな）

親友にさえ自分の気持ちを認められないのに、このままでいたくはないと思ってしまう。

その矛盾《むじゅん》した思いは重くなる一方で、美桜はたまらずため息をもらす。


窓から強烈《きょうれつ》な陽《ひ》の光が注がれ、足元の影《かげ》は日を追うごとに濃《こ》くなっていく。

高校生最後の夏休みは、すぐそこまで迫《せま》っていた。

Koyuki Ayase

綾《あや》瀬《せ》恋《こ》雪《ゆき》

誕生日／8月28日
おとめ座
血液型／A型

美桜のクラスメイト。
園芸部所属。外見を変え、女子の注目の的。
夏樹のことが好き。

chapter 2 ～2章～

「おーい、HR終わったぞー」

聞き慣れた心地いい声と共に、目の前で何かが揺《ゆ》れている。

春輝は何度かまばたきを繰《く》り返し、ぼやけた視界のピントを合わせた。

「なあ、聞こえてる？」

声の主は、やはり幼なじみの優だった。

ヒラヒラと手をふりながら、心配そうにこちらをのぞきこんでいる。

「……聞こえた」

「反応遅《おそ》っ！　なんだよ、また徹夜《てつや》コースだったのか？　まさか完徹《かんてつ》じゃないよな」

優の問いに、のろのろと帰り支度《じたく》を始めた春輝の手が止まる。

「ちゃんと寝《ね》たよ。気づいたらスズメが鳴いてて、ちょっとビビったけど」

「おまえなあ……。よくそれで身長伸《の》びたよな」

「いや、おまえに言われたくないし。ちょっと前まで、ゲーム三昧《ざんまい》の夜型だったくせに」

春輝がやり返すと、優は「もう三ヶ月は経《た》ったから」と苦笑《くしよう》する。

優がゲーム機を参考書に持ち替《か》えたのは、高三にあがった直後のことだった。国公立の大学を目指す彼は、部活を続けるために、趣味《しゅみ》の時間を削《けず》ったのだろう。

「で、なんで隣《となり》のクラスまで出張してきたんだ?」

「今日は撮影《さつえい》だろ。増井《ますい》に無理言って時間空けてもらったの、忘れてないだろうな?　それで遅刻《ちこく》とかありえないから、マジで」

渋《しぶ》い表情を浮《う》かべる優に反論しかけるが、直前で言葉をのみこむ。

何しろ春輝には「前科」が多すぎた。

セリフを変えたほうがいいのではないか。音楽を流すタイミングは、本当にあれでよかったのか。一度映画のことを考えだすと止まらず、周りが見えなくなってしまうのだ。

「増井の準備ができたら、すぐに撮《と》るぞ」

「それ、俺のセリフだから」

間髪《かんはつ》をいれずにツッコんだ幼なじみに笑い返しながら、春輝はカバンを片手に席を立つ。

増井佳奈《かな》は優や夏樹のクラスメイトで、合唱部に所属している。文化部では三月まで活動する生徒が多く、彼女も引退することなく続けていた。夏と秋に大きな大会があり、いまは追いこみの時期なのだという。


(忙《いそが》しいのはわかってるんだけど、こっちもどうしても譲《ゆず》れないし……)

卒業制作用の新作映画は、優と蒼太との最初で最後の合作だ。

いままで部活動で映画をつくるときは、春輝が中心だった。それを今回は、蒼太が脚本家《きゃくほんか》、優がプロデューサーの立場で関《かか》わり、春輝は撮影と編集を、それぞれ担当している。

当然思い入れが強くなるし、何より新しい試みにワクワクしている自分がいた。

(だからつい、もっともっと！　って際限なく思っちゃうんだよなあ)


追加するのは、登場人物のセリフだけではない。

物語のキーアイテムとして、主人公が描《か》く絵が新たに登場することになっている。

その絵は昨日の美術部とのミーティングで、あかりに担当してもらうことに決まっていた。

「恋《こい》」をテーマに、どんな絵が仕上がってくるか楽しみで仕方がなかった。

「そういや、もちたは？」

「進路指導室に呼び出し。書類もらうだけだから、すぐだってさ」

並んで廊下《ろうか》を歩きながら、優が声をひそめて言う。

すれ違《ちが》う人たちに聞かれないようにと、気をつかっているのだろうか。

もともと内申《ないしん》点のいい蒼太は、指定校推薦《すいせん》を狙《ねら》っている。本人の反応や先生たちの口ぶりから、このまま順調に行けば校内選抜《せんばつ》は堅《かた》いようだ。


「なんだかんだ推薦組も大変だよな」

しみじみとつぶやく優に、春輝は思わず苦笑する。

「つっても、優だって予備校の合宿あるんだろ？」

「まあな。けど家でダラダラやってるよりは、自分を追いこんじゃったほうが楽かなって思ってさ。ノルマは変わらないんだから、さっさと済ませたほうがいいし」

「あー……。優って、夏休みの宿題をコツコツやるタイプだったもんな」

「で、おまえが俺の絵日記を写すっていうね」

淡々《たんたん》とした優の口調がツボにはまり、春輝はたまらず吹《ふ》き出した。

つられたように優も笑い出し、ますます止まらなくなる。

「俺らも変わんねーなー」

いまのは半分本気で、半分は変わりたくないという願いだ。

たとえこの先、進む道が分かれ、離《はな》れていくとしても、夏樹を含《ふく》め、春輝たち四人が幼なじみであった事実は消えない。

それでも距離《きょり》が生まれることで、多少の変化は避《さ》けられないのもわかっていた。

(優も、誰《だれ》も、俺のことは聞いてこないよな)

本決まりになるまでは春輝から言い出すことはないと、みんなもわかっているのだろう。

相談を持ちかければ話を聞いてくれるだろうが、それまでは放っておいてくれる。お互《たが》いに言葉にしたことはないのに、不思議とそんな気がしていた。

(そういや、美桜にも聞かれたことなかったな……)

進路調査票が配られた日の帰り道に、少し聞かれたくらいだ。

『春輝君は、進学？　それとも就職？』

『たぶん進学。美桜は？』

『私も進学かな』

一分にも満たない、短いやりとりだった。

その後は二人の間で話すこともなく、どちらかの進路が決まるまで、きっと知らないままなのだろうと思っていた。

（……どっちにしろ、しばらく一緒《いっしょ》に帰らないしな）

『コンクール用の作品が完成するまで、なっちゃんとあかりちゃんと一緒に帰ります。春輝君も、映画がんばってね』

昼休み終了《しゅうりょう》間際《まぎわ》、美桜からそんなメールが送られてきた。

面と向かっては言いにくかったのか、夏樹たちと話している間に決まったのか。なんにしても、下校時刻が遅《おそ》くなるのはお互い様だから、わざわざメールを送ってくることはない。

それだけ絵に集中したいという気持ちの表れなのではないか。

（美桜がここまでやる気を見せるの、はじめてじゃないか？）

春輝としてはさびしく感じないわけではなかったが、美桜の変化が純粋《じゅんすい》にうれしかった。

むしろ、彼女の背中を押したくて、昨日はキツイ言葉を投げかけていた。


桜丘《さくらがおか》高校の美術部は、設立以来、賞を獲《と》らなかった年がないといわれている。

中でも部長のあかりと副部長の美桜の成績は群を抜《ぬ》いていて、全校集会があるたびに壇上《だんじょう》で賞状を手渡《てわた》されているほどだ。

（でも、美桜は才能あるのに、キレイにまとめようとするクセがあるんだよなあ）

素人《しろうと》の春輝でもわかるくらいだ、審査員《しんさ》たちが気づかないわけがない。

佳作《かさく》止まりに終わることが多い美桜に比べ、あかりは優勝争いの常連だった。

伸《の》び伸《の》びとした筆運び、静と動の描《か》き分け。

それらは観《み》る者の感情を揺《ゆ》さぶり、問答無用で圧倒《あっとう》する。

何よりすごいと思うのは、作品の持つ力が、審査員だけではなく、技術的なことがわからない者にもストレートに伝わってくるところだ。

（芸術に勝ち負けなんてないのはわかってる。だからこそ俺は……）

もっと美桜に自信を持ってほしい。

その一心で、美術部とのミーティングに臨《のぞ》んでいた。


昨日はまず、部長の優が一通り映画について説明した。

それから監督《かんとく》である春輝が、美桜たち三人に質問をぶつけた。

作品のテーマでもある「恋」についてだ。


『なあ、恋って何色だと思う？』

『……ピンク、とか？』

真っ先に答えたのは夏樹だった。

彼女が描く絵と同じように、素直《すなお》でシンプルな答えだ。

『苦かったり、切なかったりもするから、黒とか青も使うかな』

続く美桜は、どこか遠慮《えんりょ》がちに口を開いた。

夏樹の答えを受け、新たな見方を示した良い発想だ。春輝は興味深げにうなずいたが、美桜本人は自信がないのか、言い終わるとすぐにうつむいてしまった。

(いろんな角度からものごとを捉《とら》えられるのも、立派な才能なのに……)

もったいないなと思いながら、春輝は残るあかりに視線を向けた。


『私は……金色、かな。キラキラ光ってキレイだけど、放っておくと錆《さ》びちゃうでしょ？　光が強すぎると、まぶしくて見られないところも似てる気がする』

あかりの発言に、目の前でフラッシュをたかれたような衝撃《しょうげき》を受けた。

予想外の答えだったからではなく、自分とまったく同じ答えだったからだ。

(すげえ、こういうこともあるんだな)


続けて、実際に三人の作品を見せてもらうことになり、春輝はさらに興奮を覚えた。

表彰《ひょうしょう》された作品は校内に飾《かざ》られることが多く、何度となく目にしたことがある。

けれど机に並べられた絵は、コンクール用以外に描《か》かれたものもまじっていて、より三人の個性が際立《きわだ》っているように映ったのだ。

(夏樹も早坂も、普段《ふだん》はこういうのも描くんだな)

心が騒《さわ》ぐのを感じながら一枚一枚眺《なが》めるうち、春輝はあることに気がついた。

美桜だけ、どの作品も「キャンバスにきちんと収まって」いたのだ。

『笑うのに失敗したみたいな顔してるじゃん。もったいねー』

『もっと美桜らしさを出せばいいのに、なんでキレイにまとめようとしてるんだ？』

そんな風に思ったことをそのまま伝えたとしても、美桜は黙って笑うだけに違《ちが》いない。

だから優や蒼太を相手にするように、遠慮のない言葉をぶつけることにした。


『なんつーか、表情が硬《かた》くね？』

『すごく上手《うま》いけど……やっぱなんか、お手本みたいなんだよな』


きっと美桜なら、言葉の裏に隠《かく》された想《おも》いまで汲《く》みとってくれただろう。

いまは中断してしまっているが、二人で作品をつくってきた仲だ。春輝が意外と口下手《くちべた》なことも、感覚に頼《たよ》りすぎて抽象《ちゆうしよう》的な説明になってしまうこともわかってくれている。

（……美桜に甘えてばっかで、進歩ねーなー）

二人で作品をつくろうと言い出したのは、春輝だった。

土台となる脚本《きゃくほん》を書きあげ、それを美桜に絵に起こしてもらい、またストーリーに落としこんでいく。そんなことを繰《く》り返しながら、少しずつ形が見えてくるのが楽しかった。

だがあるときから、まったく進まなくなってしまった。

美桜が描いてくれる絵と、春輝の感性とが大きくズレていってしまったからだ。

比べるものでもないが、美桜の絵にはあかりや夏樹のような力強さがあるわけではない。その代わりに、誠実で、繊細《せんさい》な、彼女そのもののような空気がある。

一方、春輝の作風は、評論家たちから「尖《とが》っている」「新進気鋭《きえい》」と言われていた。

春輝もそれが自分の強みだと思い、意識的に磨《みが》いてきた面がある。

(けどそれじゃあ、美桜の絵は活《い》かせない……)

美桜の作風を無視して、自分のやりやすいように加工してしまうこともできる。そちらのほうが断然速いし、正直に言えば、そうしてしまおうと考えたことも何度かあった。

その度《たび》に春輝を思い留《とど》まらせたのは、絵から漂《ただよ》う美桜の気配だった。

（なあ、美桜。俺も、もっと腕《うで》を磨くから……）

声には乗せず、春輝は心の中で祈《いの》るようにつぶやく。

これまでずっと伝えたくて伝えられなかった言葉は、いまも届けられる日を待っている。


窓越《ご》しに見上げた空は今日も青くて、じりじりと肌《はだ》を焼いてくる。

泣いても笑っても高校生最後の夏休みは、すぐそこまで迫《せま》っていた——。


夏休みに入るとすぐ、優は予備校の合宿へと旅立った。

春輝と蒼太は、春先から撮《と》りためた映像の編集に入りつつ、急きょ変更《へんこう》することになったラストシーンに頭を悩《なや》ませていた。

今日も朝から二人で部室にこもり、脚本と格闘《かくとう》しながらうなっている。

開け放った窓からは、ぬるい風とセミの大合唱が入りこむ。

部室の中央にある長机の上では、積み上げられた紙がパラパラと音を立てていた。

「……ねえ、春輝」

ゴクリと喉《のど》が鳴る音が聞こえたかと思うと、ふいに蒼太が口を開いた。

お互《たが》い席についてからしばらく無言だったから、口の中が乾《かわ》ききっていたのだろう。

「んー？」

春輝は生返事をしながら、手元の書きこみと付箋《ふせん》だらけの台本をめくる。

その様子に痺《しび》れを切らしたのか、蒼太は椅子《いす》から立ち上がり、ドンッと机に手をついた。

「さすがにこの状況《じょうきょう》はマズイんじゃないかな」

「優が来たら片づけてくれるし、大丈夫《だいじょうぶ》だろ」

「帰ってくるまで待てないから！　台本から顔上げて！　ちゃんと部屋見てから言って！」

蒼太の言葉は、いつになく力強い。

ここまでくると、次は肩《かた》を揺《ゆ》すられることになるだろう。そうでもしなければ春輝が台本から目を離《はな》さないことを、この幼なじみはよく知っている。

(腹の探《さぐ》りあいっつーか、慣れ？)

なんにしても、このままでは本当に蒼太が怒《おこ》りだしてしまう。

春輝は台本の端《はし》を折って目印をつけると、のろのろと顔を上げた。


「……おー、なかなかハデに散らかってますなあ」

目の前にあるのは長机のはずだったが、もはや木目が見えない状態だ。

資料用に図書室から借りてきた辞書や小説、プリントアウトされた修正台本の束。そこに書き損じの紙もまじって、なんだかよくわからないことになっていた。


「ほらね、だから言ったでしょ？　これじゃあ作業もできないよ」

腕を組み、仁王《におう》立ちする蒼太に、春輝は安心させるように笑う。

「でもま、ヤバイのって机の上だけじゃん？　俺の部屋、いま足の踏《ふ》み場もないから」

「だから何!?　っていうか、また散らかしたの？　もう掃除《そうじ》手伝うの嫌《いや》だって言ったじゃん」

よかれと思って言ったのだが、逆効果だったらしい。

ピシャンと跳《は》ね返され、春輝は途方《とほう》に暮れたように窓の外を見やる。

「夏休みってさ、気が抜《ぬ》けるんだよな……」

「それ、テスト終わったときも言ってたからね⁉」

「……よし、片づけるか」

春輝は重い腰《こし》を上げ、散らばったメモをかき集める。

付き合いのいい蒼太も、やれやれとため息をつきながら、手近な紙束をつかむ。

セミの声と紙を重ねる音に支配された部屋は、じりじりと温度を上げていくようだった。

沈黙《ちんもく》が気まずいような仲ではないが、美術部とのミーティング以来、蒼太とも優とも、どこかしっくりこないものを感じていた。

そっと蒼太の様子をうかがうと、向こうは顔を上げずに「何？」と聞いてくる。

「……いや、早坂の絵っていつできんのかなと思って」

「あ、ああ、あかりんなら、大丈夫だから！」

グシャアと手元の紙をにぎりしめ、顔を真っ赤にした蒼太が力説する。

あまり説得力がないので、春輝は「本当に？」と念を押した。

「早坂がどうっていうんじゃなくてさ。もちた、ちゃんと連絡《れんらく》とってんの？」

蒼太があかりに恋《こい》をしているのは、高一のときから知っている。

だからこそ優と協力して、あかりとの連絡役を蒼太にしたのだ。

（ところがどっこい、相変わらずマトモに話せてないっていうね……）

夏休みに入り、主な連絡手段はメールになる。目と目をあわせて話せない蒼太でも、乗り越《こ》えられないミッションではないはずだ。

じとーっと見つめると、蒼太は視線を泳がせ、言いにくそうにつぶやいた。


「……さすがの僕もメールくらい送れますんで、ハイ」

「だよな！　いい報告、期待してんぞー」

ニカッと笑いかけると、蒼太は「うっ」と息をつまらせた。

春輝は不思議に思って首をかしげるが、ため息が返ってくる。

「こういう言い方もどうかと思うけど、春輝はなんでも自分を基準にしないほうがいいよ」

「は？」

あっけにとられて、それしかでてこなかった。

蒼太は深くしわが刻まれてしまった紙を丁寧《ていねい》に伸《の》ばしながら、口を尖らせる。

「うん、春輝が無意識なのはわかってるんだ。だからこそ問題でもあると思うんだけど……。とにかく、あかりんの件に関しては、あんまプレッシャーかけええええ⁉」

伸ばした紙をもう一度にぎりしめ、蒼太はこれでもかと目を見開いている。

春輝は訳がわからず、首の後ろをガリガリとかく。

「思わせぶりなことを言いだしたと思ったら、今度は奇声《きせい》かよ」

「だ、だだ、だって！　これっ、どーすんの⁉」

目の高さにバッと広げられた紙は、すっかりヨレヨレで文字が読みにくいことこの上ない。

春輝は目を細めながら、一文字一文字追っていく。

「あ、ん、けーと？　ああ、新聞部からきてたやつか」

校内新聞には、リレー形式で各部活を特集するコーナーがある。

九月発行分が映画研究部の当番回になり、部長の優が記入していたはずだ。

「優のやつ、夏休み前はバタバタしてたもんな。これ、まだ大丈夫なんだろ？」

「……優じゃなくって、春輝だよ？」

「俺がなんだよ」

「だから、あとは春輝が書いたら完成だって言ってたじゃん！　しかも、ココ！」

蒼太はアンケート用紙を突《つ》き刺《さ》す勢いで、ある箇所《かしょ》を何度も指先で叩《たた》く。

「あのさ、おまえの指で見えないんだけど」

「黙《だま》らっしゃい！　ここにはねえ、『終業式〆《しめ》きり』って書いてあるんですーっ」

次の瞬間《しゅんかん》、しんと部屋が静まり返った。

セミの鳴き声や運動部のかけ声が聞こえてくる頃《ころ》には、春輝はダラダラと汗《あせ》をかいていた。

「整理整頓《せいとん》って、大事だよな」

「ホントにね！　ああどうしよう、新聞部の人たち大丈夫かな……」

「あそこの副部長、同じクラスなんだよ。あとでメール送っとく」

春輝はアンケートを受け取ると、邪魔《じゃま》にならないように窓際《まどぎわ》へと移動する。

自慢《じまん》ではないが、整理整頓の分野では戦力外だ。

ちらりとふりかえれば、蒼太がぶつぶつ言いつつも、机の上の山々を崩《くず》しはじめている。

そのテキパキとした仕事ぶりに内心拝みながら、春輝は改めて質問に目を通す。

部員の数や活動スケジュール、設立理由など、基本的な質問には、部長の優と副部長の蒼太が答えてくれている。春輝に残されたのは、少し込み入った内容のものばかりだった。


『はじめて映画を撮《と》ったのは、いつですか？』

『なぜ映画を撮ろうと思ったのですか？』

『映画制作は、どんなところが魅力《みりょく》だと思いますか？』


並んだ質問たちを眺《なが》めるうちに、春輝はなぜ後回しにしたのかを思い出してきた。

記入するのが面倒《めんどう》だという理由も少なからずあったが、何より答えようがなかったからだ。

（習慣とか癖《くせ》とか、いつから始めたとかいちいち覚えてなくないか？）

春輝の場合、最初に手にした愛機は、祖父母の家にあった八ミリビデオだ。

ものごころがつく頃には、縁側《えんがわ》で寝《ね》ている猫《ねこ》の親子を延々撮影《さつえい》していたのだと聞いている。

あれを映画と呼ぶかは、わからない。だが春輝にとっては作品のひとつだったし、気づいたときにはもうカメラをにぎっていたから、動機を聞かれてもわからない。

(あたりまえって、そういうもんなんだよなあ)

美桜のこともそうだ。

いつのまにか目で追っていて、気がついたときには好きになっていた。

それは「話が合う友人」としてではなく、「大事にしたい女の子」としての気持ちだ。

想《おも》いを告げる機会なら、何度もあった。

なのに今日まで伝えられていないのは、彼女の隣《となり》が居心地《いごこち》良かったからだ。

告白することで、これまでの絶妙《ぜつみょう》な距離感《きょりかん》が崩れ、元《もど》に戻らなくなるかもしれない。

そう思うと、いつも直前でブレーキがかかった。

(いまの美桜と俺の間にあるものは、なんて名前なんだろう……)

友情か、それとも——。

気になって仕方がないのに答えをだすのに踏《ふ》み切れない理由は、ほかにあった。

だがそれも、結局は言い訳に過ぎないのだとわかっている。

（……やっぱ俺が一番どうしようもねーや）

夏樹には「いい加減、見ているコッチがじれったい！」と言って、優に告白するように背中を押したし、二人きりになれるようにお膳立《ぜんだ》てまでした。

『告白予行練習』に終わってしまったようだが、大きな前進なのはたしかだろう。

（あれで蒼太も、決めるときは決めるしな）

窓の外では、今日も綾瀬《あやせ》恋雪が花壇《かだん》の手入れをしていた。

優や蒼太たちのクラスメイトで、春輝も合同授業のときに顔をあわせることがある。

特別親しいわけではないが、幼なじみの夏樹とよく漫画《まんが》の貸し借りをしているのを見かけていたから、なんとなく知っていた。

（綾瀬が髪《かみ》切ってきたのって、七月入ってすぐだったっけ……）

何がきっかけだったのかはわからないが、ある日、恋雪はガラッと外見を変え、少しずつだが積極的に周囲と関《かか》わるようになっていた。

春輝から見れば、もともと親しかった夏樹とは意識的に距離《きょり》を詰《つ》めているように映る。

恋雪側に友人以上の好意があることは明らかで、優もそれには気づいているようだった。

好きな人がいて、自分を変えようとしている恋雪。

居心地のいい関係を崩したくないと、気持ちにふたをしている自分。

比べるものではないのだろうが、我ながらどうしようもないなと思ってしまう。


「どうして人は人を好きになるんだろうな」


つぶやきはセミの声にかき消され、誰《だれ》の耳にも届かなかった。

行き場を探す、恋心《こいごころ》のように。


ふっと視線を感じ、恋雪は水やりの手を止め、顔を上げる。

さきほど聞こえてきた蒼太の叫《さけ》び声が耳に残っていたせいか、真っ先に最上階を見た。

予感は当たり、開け放たれた窓からこちらを見下ろす人影《ひとかげ》があった。

（芹沢《せりざわ》君だ。何を見ているんだろう……）

改めて辺りを見回すが、中庭には自分以外の姿はない。

もう一度窓を見上げると、すでに春輝は教室の中に引っこんだあとだった。


（もしかして、花を見てくれていたとか？）

だったらうれしいんだけどな、と水を浴びてキラキラとまぶしい花壇に目を細める。

大切に大切に育てている花だ。やはり誰かの目に留まるのはうれしいし、とくに相手があの春輝というのは、恋雪にとって意味があった。


芹沢春輝。

その名前を知ったのは、桜丘高校に入学してすぐのことだった。

グループを率いているわけでも、一匹狼《いっぴきおおかみ》でもないのに、何かと目立つ人物で、クラスが違《ちが》う恋雪の耳にも、自然と彼の情報が入ってきたのだ。

そして高校一年の夏休み明け、春輝を取り巻く状況《じょうきょう》は一変した。

ネットでひっそりと公開していたショートフィルムが口コミで広がり、やがて話を聞きつけた評論家の目にも留まることになった。それがきっかけで、ニュースサイトや雑誌に取り上げられ、学校の内外から注目を集めるまでになったのだ。

(賞を獲《と》り続けているって聞くし、本当にすごいよね)

恋雪との接点といえば、体育の合同授業のときくらいだろうか。

春輝とはクラスが違うが、彼と幼なじみの夏樹と恋雪が漫画の貸し借りをしているのを知っているからか、廊下《ろうか》ですれ違ったときに、向こうから声をかけてくれることがある。戸惑《とまど》い、視線を泳がせる恋雪にも、「今日も暑いな」とか「夏樹に貸したやつ、俺も読んでいいか？」と、親しい友人に接するように話しかけてくれるのだ。

(そういうところ、芹沢君と榎本《えのもと》さんって似ているなあ)

夏樹だけではない。蒼太や優も、春輝と同じように、恋雪を変わらずに扱《あつか》ってくれる。

恋雪が髪を切り、眼鏡《めがね》からコンタクトに変えてからも、根掘《ねほ》り葉掘《はほ》り理由を聞いたり、からかわずにいてくれたのは、彼らぐらいのものだ。

(榎本さんと望月《もちづき》君は、もともとやさしいし……)

優と春輝は、自分というものをきちんと持っているからだろう。

他人と自分を比べる必要がないからこそ、相手を見下すことで優位に立とうなんて考えもしないだろうし、誰にも変わらず向かいあうに違いない。

「……芹沢君みたいな人だったら、好きな子に告白できるんだろうな」

花壇には、向日葵《ひまわり》が咲き誇《ほこ》っている。

真夏の太陽を目指し、どこまでもまっすぐに伸《の》びていく花が。

明智《あけち》 咲《さく》

誕生日／5月29日
双子座
血液型／O型
183cm

春輝のクラス担任で、映画研究部の顧問。
担当教科は古典なのに、
なぜか白衣を着ている。

Saku
Akechi

chapter 3 ～3章～

夏も終盤《しゅうばん》にさしかかり、日暮れにはセミにまじって、秋の虫が鳴きはじめるようになった。

涼《すず》しい風に首をなでられ、春輝はノートパソコンのモニターから顔を上げる。

いつの間にか室内には照明が点《つ》いていたが、隣《となり》で脚本《きゃくほん》を修正していたはずの蒼太の姿は消えていた。帰り際《ぎわ》、まだ居残る春輝のために点けていってくれたのだろうか。


「……やっべえ、いま何時だ？」

「最終下校時刻ギリギリでーす」


思いがけず返事が聞こえてきて、春輝はパイプイスから腰《こし》を浮《う》かせる。

ドアから顔をのぞかせていたのは、クラス担任で映研顧問《こもん》の明智《あけち》咲《さく》だった。担当教科は古典なのだが、なぜか白衣を制服にしており、いまも薄暗《うすぐら》い中にぼうっと浮かび上がっている。

「おまえだけなの？　瀬戸口と望月は？」

ぺたん、ぱたんとサンダルを鳴らしながら、明智が中に入ってくる。

そのマヌケな音と気の抜《ぬ》けた声に、内心びっくりしていた春輝はため息をこぼす。

「優は予備校、もちたは……たぶん帰ったんだと思う」

「たぶん？　あー、声かけられたのに、気づかなかったパターンか」


相変わらず敬語を使わない春輝に対して、教師である明智が注意することはない。

兄の友人の彼とは顔見知りということもあるのだろうが、何より本人がその手の常識に頓《とん》着《ちゃく》しないのが大きかった。申し訳程度に「学校では『先生』と呼べ」と言われるくらいだ。


(そもそも本人、教師に見えないしな)

白衣のポケットに両手を入れ、興味津々《きょうみしんしん》にパソコンの画面をのぞきこんでくる姿は、自分たちとあまり変わらないように映る。よくて大学院生で、とてもオトナには見えない。

童顔というわけでもないが、飄々《ひょうひょう》としていて、浮世離《うきよばな》れした印象を与《あた》えるからだろうか。

(ひとことで言えば、うさんくさいってことなんだけど)

「あれっ？　なーんだ、映画のチェックしてたのか」

（……何を見てると思ったんだよ、って聞いたほうが負けだな）

春輝が無言でパソコンを片づけると、反応がおもしろくなかったのか肩《かた》に手が伸びてきた。

ふりはらおうとするより先に、明智が声をひそめて言う。

「暗闇《くらやみ》の中、男子高校生が一人、真面目《まじめ》な顔で見ているものといったら……ねえ？」

「聞いてねーよ！」

ツッコミと共に今度こそ手をふりはらうと、明智はヘラヘラと笑いながら離れていった。


「見回りなら、さっさとほか行ってこいよ」

「や、俺の当番は明日《あした》だから」

「はあ？　なら、マジで何しに来たわけ？」

「そりゃ、顧問の仕事しに来たに決まってるじゃない」

ふいに明智の声のトーンが落ちたことに気づき、春輝は手を休めてふりかえる。

じっと見つめると、明智は小さくうなずいた。

「例のコンペ、予選通ったってさ」

「……おー」

「この調子で、優勝できるといいな」

「……おー」

「これでもか！　ってくらい生返事だな。何、うれしくないわけ？」

「………」


とうとう相づちを打てなくなり、春輝はぐっと息をつまらせた。

今回予選を通過したコンペには、喉《のど》から手がでるほどほしい賞品がついてくる。

優勝者には副賞として、海外留学の道が与えられるのだ。

（もしダメだったとしても、俺は行くつもりだけどな）

とはいえ、周囲との摩擦《まさつ》が最小限に収められるなら、それに越《こ》したことはない。

映画が認められ、向こうの大学に呼ばれた――。

こう聞かされたら、両親だけでなく、学校側も納得《なっとく》するはずだ。

少なくとも「武者修行《しゅぎょう》の要領で、向こうの映画学校に乗りこむ」という計画よりは、反発はずっと小さく済むに違《ちが》いない。

(なのに、なんで……なんでいまさら迷ってるんだろうな……)

「おまえさ、こっちに心残りがあるんだろ」

まるで心を読まれたかのような言葉とタイミングに、春輝はびくりと肩を揺《ゆ》らした。

明智は再びヘラヘラとした笑いを浮かべ、じっとこちらを見ている。

「……ひとのこと、そうやって観察すんの止《や》めろって」

春輝はじろりとにらみ返すが、明智は笑《え》みを深くするだけだった。

いちいち本人に聞かなくてもわかる。「図星だろ?」と笑っているのだ。

(咲兄に言われて自覚するとか、相当悔《くや》しいけど……)

心残りがあることも、それがなんなのかもわかってしまった。

同時に、指摘《してき》されるまで気づかなかったのは、無意識に見ないようにしていたからだと。

「昔の人は言いました。『後悔先《こうかいさき》に立たず』『逃《に》がした魚は大きい』ってな」

よく通る声につられて顔を上げると、咲はとっくにドアの前まで歩いていた。

こちらをふりかえり、めずらしく教師らしい顔をしている。

「そういうわけだから、がんばって青春してくださいな」

そういうわけだからって、全然話がつながってないだろ。

ツッコミを入れたくなったのは一瞬《いっしゅん》で、結局、春輝は黙《だま》って見送った。


たった一人残された部室は、嫌《いや》になるほど静かだった。


ふりかえれば、今年の夏もあっという間だった。

映画の追加シーンの撮影《さつえい》を終え、本格的な編集作業に入ると、新学期に突入《とつにゅう》していた。

制服も夏服と冬服の移行期間に入り、半袖《はんそで》から長袖《ながそで》へと変わっている。

(やっぱいよなあ、時間だけが過ぎていく気がする……)

春輝はガシガシと後ろ髪《がみ》をかきながら、誰《だれ》もいない廊下《ろうか》を歩いていく。

アイデアに詰《つ》まると、こうして校内を歩き回るのが春輝の癖《くせ》だった。

一度、強制的に頭を空っぽにすることで、不思議と答えが降ってくる気がするのだ。


『パソコンも、空き容量が増えるとパフォーマンスが向上するもんね』

『あとは、自力で部室に帰ってくる機能がつけば完ぺきだな』


蒼太は感心したようにうなずき、優は笑顔だったが目が笑っていなかった。

答えが見つかると、忘れないようにその場でメモを取りはじめるため、部室を出てから一時間近く戻《もど》らないことも多かった。そのたびに、二人は春輝を捜《さが》しに来てくれる。

(あいつらホント、つきあい良いよなー)


換気《かんき》のためか薄《うす》く開いている窓から、野球部のかけ声が聞こえてくる。

(……校庭走ってる奴《やつ》、また減ってんな)

運動部は三年生の引退が進み、一、二年生だけになっていくのだから当然だろう。

春輝たち映画研究部は文化部ということもあり、部長や副部長の座は後輩《こうはい》に譲《ゆず》るが、卒業間《ま》際《ぎわ》まで活動は続けるつもりだ。

(卒業、か……。実感わかねー)

まさにいま編集している最中の映画は、卒業制作を兼《か》ねている。

春輝自身はあまり「卒業」を意識していなかったが、優と蒼太は違った。

この三人でつくることに意味があると、いままで以上に自分の立場をはっきりさせ、積極的に取り組んでいる。とくに脚本《きゃくほん》を担当した蒼太は、卒業を控《ひか》えた先輩《せんぱい》に恋《こい》をする一年生をヒロインに、切ない恋愛《れんあい》作品を書き上げてきた。

(……この映画はきっと、俺にとって転機になる)

最近はカメラを構えるたびに、賞を獲《と》るたびに、焦燥感《しょうそうかん》が強くなっていた。

これは前回の焼き直しではないのか？　自分が撮《と》っているものに、意味はあるのか？

考えるほどにピントがぼやけていくようで、さらに焦《あせ》る。焦れば焦るほど自分の判断に自信がなくなり、気がつけば悪循環《あくじゅんかん》の中にいた。

だが、あの二人となら、ここから抜《ぬ》け出せるはずなのだ。

自分がつくりあげてしまった枠《わく》を軽々と飛び越え、新しい領域へ。

(何より俺は、あいつらに応《こた》えたい……)

そう思うのに、三人の間には不穏《ふおん》な空気が流れはじめていた。

とくに優は、夏休みの間に何かあったのか、やけにつっかかってくる。

昨日のミーティングでも、あかりの絵の進み具合をたしかめていたはずが、気がつけば自分たちの恋愛事情へと話がすりかわっていた。

最初に話をふったのは、春輝のほうだった。

だが、あかりが初恋《はつこい》だという蒼太の発言を受けて「初恋こじらせてる優も、他人《ひと》のこと言えないくせに」と言っただけで、特別深い意味はなかった。

(……いや、それはウソだな)

正直にいえば、活《かつ》を入れる気持ちは少しあった。

夏樹の気持ちをたしかめず、つらい思いを持て余しながら告白予行練習につきあうくらいなら、自分の気持ちを素直《すなお》にぶつければいいのに、と。

『そういう春輝は、合田《あいだ》とどうなってるんだよ』

『別にどうも？　ただまあ、しばらく一緒《いっしょ》には帰れないとは言われたな』

このときの優は、美桜の名前を出すことで、やり返したかっただけなのだろう。

だから春輝も、隠《かく》すことなく事実を答えた。もっとも、美桜から例のメールが届いたのは夏休み前だったが、そこまで言う必要はないだろうと、あえてすべてを伝えなかった。

『……つーか、春輝と合田ってつきあってないんだよな？』

『あ、それ、僕も聞きたいと思ってた』

優は予想に反して食い下がり、そこに蒼太も加わってきた。

この質問に答えたところで、何が起こるわけでもないのはわかりきっていた。

美桜との間には何もないのだから、そもそも隠すものがない。

春輝が彼女を好きなこと自体は、優も蒼太も気づいているはずだ。春輝が二人の気持ちを察したように、これだけずっと一緒にいればわかってしまうことだ。

いい機会だから、認めてしまおうか。

そう思ったが、すぐにもう一人の自分が異議を唱えた。

優が美桜とのことを聞いてきたのは、例のカン違《ちが》いを続けているからだぞ、と。

夏樹から告白「予行練習」だと告げられた優は、自分以外に本命がいると思っている。

そしてその本命候補には、どうやら春輝もエントリーされているようだった。

(なんで俺がって思ったけど、なつきの場合、候補者見つけるだけで大変だからなあ)

夏樹の本命は優以外にいないのだから当たり前だが、ほかの男子とウワサになることはなかった。春輝たちとつるんでいても、周囲は幼なじみだと知っているから騒《さわ》がれることもない。

しかし優は、幼なじみが「圏外《けんがい》」扱《あつか》いにならない可能性を、誰よりもよく知っている。

だからこそ春輝のことを候補に入れたのだろう。

(つっても、ちょーっと視野が狭《せま》くなってないですかね)

突《つ》き放した言い方をすれば、優が何をどうカン違いしようが本人の自由だ。

けれど、夏樹に本心を伝えるのではなく、情報だけ集めて自分を安心させるようなやり方は、はっきりいって気にくわない。

（なつきもさ、予行練習だって言って直前で逃《に》げたけど……）

それでも一歩踏《ふ》み出したのは事実だし、そう遠くない将来、必ず本番に挑《いど》むだろう。

だからこそ優にも、ここで安易な方法に逃げてほしくなかった。

『聞いてどうするんだ？　もし俺が、美桜とつきあってるなら……いや違うな、なつき以外を好きだって言えば、優は安心するのか？　安心して、それで終わり？』

夏樹の本命が、俺以外だったらどうするんだ？

おまえから告白しに行けよ。でないと、結局は何も変わらないままだぞ。

春輝は声に出さずに、じっと優を見つめた。

対する優は言葉もなく、あっけにとられた様子で春輝を見つめ返していた。

しばらく沈黙《ちんもく》が続き、部室は緊張感《きんちょうかん》に包まれた。

二人の間に決定的な亀裂《きれつ》が走らなかったのは、蒼太の存在があったからだ。

それまで様子を見守っていた蒼太は、急に挑発《ちょうはつ》するような発言をした春輝を責めるでもなく、場をとりなすようなことを言ったりもしなかった。

ただ一言、「お腹空《なか》かない？」と話題を変えるきっかけをくれたのだ。

（そのあと結局、優は綾瀬にカウンターパンチ食《く》らわされたみたいだけどな）

向かったラーメン屋では、なぜか恋雪も含《ふく》めた四人でテーブルを囲むことになった。

意外な取り合わせを実現させたのは、またもや蒼太の呼びかけだった。

『ゆっきー！　じゃなくて、綾瀬君！　もしよかったら、一緒にラーメン食べない？』

『あはは、ゆっきーでいいですよ。ラーメンも、ぜひ』

蒼太は、恋雪がイメージを大きく変えたことに興味津々《きょうみしんしん》だったから、後ろ姿を見かけて、思わず声をかけたのだろう。

突然《とつぜん》の誘《さそ》いに恋雪は驚《おどろ》いたようだったが、笑顔《えがお》で快諾《かいだく》していた。

春輝にとっては人数が一人増えるだけの感覚で、とくに反対する気はなかった。

ただ優だけが、めったに見せない渋《しぶ》い表情を浮《う》かべている。

その表情に、やはり夏休み中に恋雪との間に何かあったのだろうと察し、だからこそいい機会だと思い、春輝は優の背中をバンッと叩《たた》いてやった。

『いい機会なんじゃね？　腹割って話せば』

春輝の言葉通り、優と恋雪は一対一で向きあうことになった。

ラーメンを食べ終わって店を出ると、恋雪が優を引き留め、何事か話しあったらしい。

(まあ、なつきのことだよな……。どうするんだろうな、あいつら)

一番手っ取り早いのは夏樹が告白予行練習を卒業し、本番に挑むことだ。

だが春輝がそれを彼女に期待するのは、筋違《すじちが》いだともわかっている。

夏樹は、大切な幼なじみの一人だ。応援《おうえん》はするが、けしかけるような真似《まね》はできない。

恋雪が夏樹に想《おも》いを告げるのは自由だ。結果は見えているし、ややこしいことになるだけだから胸にしまっておいてくれだなんて、誰《だれ》が言えるだろう。

ガタンッ。

前ぶれなく聞こえてきた音に、春輝は思わず足を止めた。
ぼうっと考えごとをしていたせいで、ここがどこなのか瞬時《しゅんじ》にはわからなかった。
周囲を見回すと、教室の表札が視界に入ってくる。

（なんだ、優たちのクラスか……）
何気なく中をのぞくと、そこには見慣れたお団子頭があった。
とっさに違和感《いわかん》を覚えたのは、夏樹が座っているのが優の席だったからだ。

夏樹は机に顔を伏《ふ》せ、微動《びどう》だにしない。
（おいおい、まさか泣いてるとかじゃないよな？）
立ち去ろうかと思ったが、どうにも気になって教室へと足を踏み入れていた。

「なつき？　何してんだ？」


いきなり声をかけられて驚いたのか、夏樹は「わぁ!?」と悲鳴を上げて席を立った。

春輝はさりげなく夏樹の顔をチェックするが、涙《なみだ》の跡《あと》は残っていない。

ホッとしていると、動揺《どうよう》しきった幼なじみの声が飛んでくる。

「は、春輝？　どうしたの、忘れもの？　って、クラス違うじゃん」

「自主ツッコミ、お疲《つか》れ様でーす。それでなつきは、優の席になんの用なんだ？」

我ながら意地の悪い質問だなと思いながらも、春輝はズバッと切り出した。

案の定、夏樹はカーッと顔を赤く染めていく。

クラスの違《ちが》う春輝には、とっさに優の席だとはバレないと思ったのだろう。手をふりまわしながら、「いや、あの、これは」と口をもごもごさせている。

（なるほど、つまりわざと優の席に座ってたってことか）

とくに意味がないのなら、そこまで慌《あわ》てる必要はないはずだ。

「ちょっと席を借りただけ」とか「ここ優の席だっけ？」などと返ってきてもいいところで、こんなに焦《あせ》る理由はたった一つしかない。

（ま、いちいち言う気はないけどな）


ついでに辞書を回収していくことに決め、春輝は優の席へと近づく。

部活終わりに返してもらうことになっていたが、先にもらっても構わないだろう。

（このタイミングで教室に寄った理由にもなるし）


春輝は居心地《いごこち》が悪そうに立ち尽《つ》くす夏樹に、場所を空けるよう手で合図する。

「ちなみに俺は、貸しっぱなしだったモンとりに来たっていうね。ちょっと悪い」

「あ、うん……」

優の机の中はいつも通り整頓《せいとん》されていて、目当ての辞書はすぐに見つかった。

兄のおさがりの辞書は表紙がくたびれており、一目で使いこんであるのがわかる。持ち主が春輝になってから付箋《ふせん》を足したり、メモを挟《はさ》んだりしている分、厚みが増していた。


「……英和辞書？」

「ん、ちょっとな。特別に課題が出てるんだよ」

「ああ！　春輝、英語は壊滅的《かいめつ》だもんね」

「うっせ、言ってろ。いまにペラッペラになってっから」


いつもの軽口の応酬《おうしゅう》に、夏樹がほっと息をつくのが聞こえてきた。

このまま何も気づかなかったフリをするのは簡単だが、昨日の優と恋雪の顔が頭をよぎる。

優たちの事情に、夏樹が告白するタイミングが左右されるのはおかしい。

ついさっきそう思ったばかりなのに、どうしても気になってしまって仕方がなかった。

(少しだけ、背中を押すくらいなら、いいよな……？)


「で、おまえは？　告白予行練習、まだ本番いってないのかよ」

「……そ、れは……その……」

急に話をふられた夏樹は、びくりと肩《かた》を揺《ゆ》らし、目に見えて動揺した。

九月に入ってすぐ、絵画コンクールの追いこみがあるから告白予行練習が中断している、とは聞かされていた。だが結果発表を待つだけとなったいま、その言い訳も通用しない。

そのことは夏樹自身がよくわかっているはずだ。

「……不甲斐《ふがい》なくて、ごめん」

しょんぼり肩を落とす夏樹の姿に、春輝は少し後悔《こうかい》する。

（いまの『ごめん』は、きっと二回分だな）

告白が予行練習に終わってしまったこと、そしてまだ本番に踏《ふ》み切れていないこと。

だからといって律儀《りちぎ》に謝らなくていいものを、夏休み前のあの日、春輝が告白に協力したことで、口を出されても仕方がないと思っているのかもしれなかった。

（そうだった、なつきはそういう奴《やつ》なんだよ……）

裏表なく「いい奴」で、めったに他人を疑ったりしない。

たぶん本人は否定するだろうが、はたから見ていれば、ときには人が悪意から動くこともあるのだということが、頭から抜《ぬ》け落ちているかのようだ。

いまだって、春輝が自分のことを心配して聞いてきたのだと受け取ったはずだ。

（……まあ、なつきのことも心配なんだけどさ）

春輝はこれ以上、夏樹が見当違《けんとうちが》いのことで謝らなくて済むよう、ニヤッと笑ってみせる。

さきほどの質問も、からかうつもりで言ったのだと伝わればいい。

「別に？　おまえには、おまえのタイミングがあるってことだろ。俺が応援してやってるんだから、さっさと玉砕《ぎょくさい》してこいよ！　とは、さすがに言えないしな」

「春輝、それ笑えない」

真面目《まじめ》なトーンで返ってきたが、夏樹がまとう空気はさっきよりもずっと軽い。

春輝はホッとしながら、遠慮《えんりょ》なく大笑いすることにした。


「……なんて、俺も他人《ひと》のこと言えないんだけどな」

予想外に声に苦いものがまじり、春輝は戸惑《とまど》った。

どうやら自分が思っていた以上に、美桜からのメールを意識していたみたいだ。

夏樹は、突然《とつぜん》の打ち明け話に驚《おどろ》いたのか、目をぱちぱちとまたたいた。

「初耳だよ！　春輝も好きな人、いるんだ⁉」

「おお。いたら悪いか」

「そんなことない、応援《おうえん》するよ！」

「即答《そくとう》かよ」

春輝は思わず吹《ふ》き出したが、夏樹はつられて笑うことなく、じっと見つめてくる。

そのまっすぐさに少し居心地の悪さを感じながら、春輝は「ん？」と先を促《うなが》した。

「春輝のほうは、なんで告白できてないの？」

「……いま撮《と》ってるのが完成しないと、落ちつかねーなと思って」

あらかじめ用意してあったかのように、するりと言葉が出てきた。

夏樹も、似たような理由で告白を先延ばしにしているので、何も言えないようだ。春輝の言葉を噛《か》み砕《くだ》くように、首を傾《かし》げてうなっている。


やがて答えがでたのか、パアッと表情を明るくした。

長年のつきあいから、こういうときの夏樹は突拍子《とっぴょうし》もないことを言い出すに決まっている。

春輝は身構えながら、爆弾《ばくだん》発言を待ち受けた。


「それなら、春輝も告白予行練習やってみれば？」

やはりとんでもない角度から、とても受け止めきれない誘《さそ》いが飛んできた。

何がどうなって「それなら」なのだろう。

告白ができないなら予行練習をすればいいというのは、かなりの超《ちょう》展開だ。

言葉にならず、気の抜けた声がもれる。

「……は?」

「私が言ったのは、相手に告白してきたらってことじゃなくて……」

「ああ、おまえに?」

「そう! 私も実際にやってみて思ったんだけど、練習とはいえ、すっごく緊張《きんちょう》するんだ。それでも、相手に好きだって言ったあとは……」

夏樹はふいに言葉を区切り、制服のワイシャツ越《ご》しに心臓に触《ふ》れるように手を当てた。

そのなんともいえない幸せそうな表情に、春輝は思わず息をのむ。

「今度は本当に告白しようって、そう思うようになるよ」

「……へえ、いいじゃん」

意識するより先に、自然とそう答えていた。

優に告白するはずが予行練習になってしまったと聞いたときは、肩透《かたす》かしを食《く》らったような気になった。おまけに優からは、ほかに本命がいると勘違《かんちが》いされていると知って、告白そのものを冗談《じょうだん》だと誤魔化《ごまか》したほうがマシだったのではないかとさえ思った。
（ぶっちゃけ、いまでもそう思わないことはないけど……）

けれどいま、夏樹の表情の向こうに、答えが透《す》けて見えた気がしたのだ。
『どうして人は人を好きになるんだろうな』
春輝の問いの答えは、きっと——。

（そういや、告白すんのって生まれて初めてじゃね？）
意識した途端《とたん》、ドッと心拍数《しんぱくすう》が上がった。
予行練習なのだとわかっているはずなのに、緊張が治まる様子はない。
（……なんだよ、俺って実はヘタレだったんだな）
情けないなと思っても、認めてしまえば少し気分が軽くなる。
口の中でモゴモゴと告白の練習をしていると、夏樹がそろりと歩き出すのが見えた。
気を利《き》かせて、この場に一人にしようとしてくれているのだろう。

（ありがたいけど、それ逆効果だわ）


「待った。準備できたから、頼《たの》むわ」

慌《あわ》てて呼び止めた声は、笑えるくらいに切羽詰《せっぱつ》まっていた。

夏樹が、驚いたように足を止める。

「あ、うん……」


春輝は深呼吸をして、一歩一歩、夏樹との距離《きょり》をつめていく。

ピンと張り詰《つ》めた空気にいたたまれなくなったのか、夏樹はうつむいている。

「……あのさ」

たった三つの音なのに、声は震《ふる》えていた。

勢いよく顔に熱が集まっていくのがわかって、心臓が痛くなってくる。

こちらの緊張感《きんちょうかん》が伝染《うつ》ったのか、視線をあげた夏樹の顔も真っ赤に染まっていた。

（やべ、なんて言えばいいんだっけ？）

一気に頭の中が真っ白になり、用意していたセリフは消し飛んでいる。

舌の上に残っていたのは、まぎれもない本音だった。

「おまえは勘違いしてるかもしれないけど、俺はあいつのことが好きなんじゃねぇ……」

いや、これじゃあ言い訳だろ。

とっさにツッコミを入れる自分がいたが、ずっと気にかかっていたことでもあった。

美桜の様子がおかしくなったのは、美術準備室でのミーティング後のことだ。

しばらく一緒《いっしょ》に帰れないというメールの言葉の裏には、「一緒に帰りたくない」という意味が潜《ひそ》んでいたのではないだろうか。

『春輝はなんでも自分を基準にしないほうがいいよ』

いつか聞いた蒼太の言葉がよみがえってくる。

あのときは意味を測れなかったけれど、いまならわかる気がした。

ミーティングで、春輝はあえて美桜にきつい言葉を選んで投げかけた。

彼女の背中を押すつもりでいたが、本当は追いつめてしまっただけなのかもしれない。
（……本当は、そうなんじゃないかって思ってた）
だが、あのとき失敗したとは認めたくなかった。
美桜のことは、自分が一番よくわかっているつもりだったからだ。

それでも。
たとえそうだったとしても、春輝の気持ちは変わらない。
きちんと伝えて、新しい一歩を踏《ふ》み出すのだ。

「おまえのことが、好きなんだ」

言い終えると同時に、ドアがガタンッと大きな音を立てて揺《ゆ》れた。
春輝と夏樹は弾《はじ》かれたようにふりかえったが、人影《ひとかげ》らしきものは見当たらない。

「……風、かな」
「かもな」

告白予行練習を終えたところに、謎《なぞ》のアクシデントだ。心臓が爆発《ばくはつ》しそうなほど脈打っていて、心配になってそっと胸に手を当てる。

ちらりと夏樹の様子をうかがうと、鏡合わせのように同じポーズをとっていた。

向こうも気づいたようで、目があうなり、どちらからともなく笑い出す。


「やべぇ、告白ってこんなに緊張するもんなのか」

「いまさらだけど、春輝って告白するのはじめてなんだ？」

「おう。普段《ふだん》は、されてばっかだからな」

「はあ？　言ってればー」


さきほどまでの空気はすっかり吹き飛《ふ》び、夏樹らしい切り返しが飛んでくる。

春輝は吹き出しながら、何気なく廊下《ろうか》を見た。


（……もちたと……早坂？）

見覚えのある後ろ姿に、思わず目をみはる。

いまの告白予行練習を聞かれていただろうか。誤解しなかっただろうか。
あれこれ気になったが、見間違《みまちが》いかもしれないからと追いかけることはしなかった。
(もし聞いてたとしても、あとで誤解を解けばいいだけだしな)

このとき春輝は、また同じ判断ミスをしたことに気づいていなかった。
自分を基準に考えないほうがいい。
蒼太の忠告を本当の意味で実感するのは、もっとずっと後のことだった——。

秋になり、日に日に夜の時間が増えていく。
最近はすっかり夕暮れの訪《おとず》れが早くなって、寄り道がしづらくなってきた。
あと一時間もしないうちに、太陽は沈《しず》み切ってしまう。
(このままだと、美桜が家につく頃《ころ》には暗くなってるよな)

いますぐに話を切り出すべきだ。

けれど、こうして二人だけで過ごすのは本当にひさしぶりで、一分でも一秒でも長く続いてほしいと願ってしまう自分がいた。

そっと横に並ぶ美桜の様子をうかがうと、黙《だま》って沈んでいく太陽を眺《なが》めている。

（あーあ、カメラ持ってくりゃよかった）

階段の最上部から見下ろす景色は、春輝のお気に入りだった。ぼんやりと時間を過ごすのに向いていて、これまでにも何度となくカメラに収めている。

だが、美桜をフレームに入れたことはなかった。

気恥《きは》ずかしかったのもあるが、何より本人が嫌《いや》がったのだ。

一度だけ、冗談《じょうだん》半分のノリでカメラを向けたときには、顔を真っ赤にして半泣きだった。

『えっ、何、美桜ってカメラ向けられるのダメな人？』

『ダメっていうか……。私なんかより、もっと別のものを撮《と》ったほうがいいよ！』

あまりにも必死に訴《うった》えるから、春輝はカメラを空へと向けた。

美桜が照れ屋なのも、遠慮《えんりょ》深いのも知っている。

だから微笑《ほほえ》ましかったのだが、いまにして思えば「私なんか」と言われた時点で、もっとちゃんと否定しておけばよかったと後悔《こうかい》していた。


私なんか、とか言うなって。

俺はおまえだから撮りたいって思ったんだ。


言ったところで、いきなり美桜の考え方が変わることはないだろう。

それでも、思っていること、感じていることを自分の言葉で相手に届けることは、春輝が考えている以上に大切だったのだ。

(……結局さ、こういう小さなことの積み重ねなんだよな)


週明けになれば、映画のコンペの結果が届く。

その前にもう一度と、自分から美術室に行き、美桜に声をかけた。

何に左右されることなく、ただまっさらな自分の気持ちを伝えておきたかったのだ。

会話が途切《とぎ》れてから、ずいぶん経《た》っている。
春輝は腹を決め、深呼吸を一つして、美桜へと向き直った。
「は……春輝君って、好きな人とかいる？」
絶妙《ぜつみょう》なタイミングで、美桜から質問が飛んできた。
出鼻をくじかれ、春輝は思わず息をのむ。
「あ、いやっ、えっと……」
美桜は美桜で、顔の前で両手を勢いよくふり、必死に言葉を探しているようだった。
思い切って言ってみたものの、我に返って恥《は》ずかしくなったのだろうか。
(そういやこの手の話って、したことなかったしなあ)
突然《とつぜん》のことに驚《おどろ》きはしたが、むしろいい機会だった。
春輝は気を取り直し、改めて口を開く。

「うん、いるよ」

心配したよりもはっきりと声が出た。

これなら確実に、美桜の耳にも届いたはずだ。

うるさい心臓を無視しながら、春輝はそっと相手の様子をうかがう。

美桜はぎこちない動きで顔を上げ、何かを訴えるように瞳《ひとみ》を揺らした。

(あ、ダメだ)

先に何か言われてしまったら、きっと言葉をのみこんでしまう。

そう直感し、春輝は反射的に顔をそむけた。

「好きなやつ、いるよ」

もう一度、念を押すように告げた。

隣《となり》から息をのむ音が聞こえ、続けてささやき声が返ってくる。

「あ……そうなんだ」

美桜の返事は、それだけだった。

少し待ってみても沈黙《ちんもく》が漂《ただよ》うばかりで、心臓の音だけがうるさくなっていく。

（なんで何も言わないんだ……？）

疑問、期待、不安。

いろんなものが渦《うず》を巻き、身体《からだ》を食い破るかのように暴れだす。

春輝は感情に任せて叫《さけ》びだしたいのをこらえ、何気ない調子を装って言う。

「美桜は？」

今度はさっきよりもはっきりと、息をのむ音が聞こえてきた。

頭は動かさず、目だけで様子をうかがうが、美桜はうつむいていて表情までは見えない。

ふっと視線を落とすと、微妙《びみょう》に離《はな》れて並ぶ二人の手があった。

（……これ、一〇センチってとこだな）

隙間《すきま》は、拳《こぶし》一つ分くらい。手のひらを伸《の》ばせば、美桜の指先に届くだろう。
頭ではわかっているのに、指一本動かせないでいる。
(俺は、たった一〇センチも埋《う》められないのかよ……！)

「いるよっ」

とっさに何を言われたのかわからなかった。
何度かまばたきを繰《く》り返すうちに、じわりじわりと頭の回路が再起動する。
好きな人はいるのかと尋《たず》ね、美桜はいると答えた。
ただそれだけのことで、そして春輝には決定的な出来事だった。

(好きな奴《やつ》、いるんだ)

たしかめるように心の中でつぶやくと、ぐっと心臓をつかまれたように痛みが走った。
息ができなくなって、視界が歪《ゆが》む。
その間に美桜は立ち上がり、置きっぱなしになっていた鞄《かばん》を持ち上げた。

（なあ、行くなよ……行くなって……！）

心の中では必死に呼びかけているのに、喉《のど》はヒューと鳴っただけだった。

これは本当に自分の身体なのだろうか。

声も出ず、腕《うで》をつかんで引き留めることもできない。

ただ階段に座りこんで、去っていく美桜の後ろ姿を目で追うので精一杯だ。

柔《やわ》らかな猫《ねこ》っ毛とスカートがふわりと風に舞《ま》い、軽《かろ》やかな足取りで階段を降りていく。

四段目に足をおろしかけ、そこでようやくこちらをふりかえった。

「私、用事を思い出したから帰るね」

「……ああ、じゃあな」

美桜に声をかけられ、半ば無意識に答えていた。

自分の声が鼓膜《こまく》を震《ふる》わせる頃《ころ》には、激しい後悔《こうかい》が押し寄せてくる。

(やばい……。俺ってヘタレなだけじゃなくて、バカだったんだ)
いま、このタイミングが、最後のチャンスだった。
わかっていたくせに、ものわかりがいいフリをして、全力で安全圏《けん》へと逃《に》げたのだ。

美桜は小さくうなずいただけで、それ以上は何も言わなかった。
急ぎの用事なのか、それともここにはいたくないからか、逃げるように去っていく。
その事実がまた、鋭《するど》い角度でぐさりぐさりと胸に刺《さ》さった。

「俺じゃねーのかよぉ！」

美桜の姿が完全に見えなくなってから、春輝は大の字になって後ろへ倒《たお》れこんだ。
熱を持った頰《ほお》を、秋の風がなでていく。
歪む視界に映る夕焼けは、憎《にく》らしいほどに綺麗《きれい》だった。

「えっ、美桜ちゃん!?」

冷たい風に乗り、背後から自分を呼ぶ声が聞こえてきた。

（……あかりちゃん、だ）

ずっと走っていたから、酸素が足りないのか頭がぼうっとしている。

どこか現実味が薄《うす》いまま、美桜はゆっくりと目をまたたく。


ぱちり、ぱちり。

騒《さわ》がしい鼓動《こどう》を落ちつかせるように、まぶたを上下させる。

たちまち目尻に熱いものがにじんできて、慌《あわ》てて手の甲《こう》でこすった。

（ダメ、泣いちゃダメ……）

言い聞かせるほどに、視界はますます歪んでいく。


ふりむけないなら、せめて返事をしよう。

それとも聞こえなかったフリをして、立ち去ったほうがいいだろうか。

迷っているうちに、駆《か》け寄ってくる足音が聞こえてきた。

「美桜ちゃん、一緒《いっしょ》に帰ろー？」

やわらかな声と共に、澄《す》んだ瞳《ひとみ》が美桜をとらえる。

目があったと思った次の瞬間《しゅんかん》、あかりは息をのみ、形のいい眉《まゆ》を寄せた。

（泣いてるの、見られちゃったなあ……）

こらえていたものが崩《くず》れ、美桜の涙腺《るいせん》はついに決壊《けっかい》した。

「私じゃ、ないの……」

涙声《なみだごえ》でつぶやく美桜を、あかりは何も言わずにそっと受け止めてくれる。

背中に回されたやさしい手に励《はげ》まされるようにして、美桜はしゃくりあげながら言う。

「好きな人がいるんだって」

「うん」

「私だけが浮《う》かれてた」

これまでのことを思い返せば、春輝から何か決定的な言葉を言われたわけではない。

なのになぜか、妙《みょう》な思いこみがあった。

春輝に好きな人がいるのなら、それは自分なのかもしれないと。


春輝は人当たりがいいし、すぐに誰《だれ》とでも打ち解けてしまえる力がある。

一方で、誰にも踏《ふ》みこませない領域を持っていた。

そうして自分の中で明確な線引きをしている分、他人の望む距離《きょり》感《かん》にも敏感《びんかん》だ。だから相手を不快にさせることなく、心地《ここち》いい関係を築けるのだろう。


(でも春輝君、女の子とはあんまり話さないんだよね)

美桜も一緒に帰るようになって気づいたのだが、春輝の口から話題にのぼるのは男子ばかりで、女子の名前はほとんど出てこない。

春輝が自分から声をかける女子は、幼なじみの夏樹か、美桜くらいだ。

その夏樹に対しても、春輝は優に告白できるようにと後押ししていた。

もし春輝が夏樹のことを異性として好きなら、そんなことはしないだろう。応援《おうえん》するにしても、彼の性格からして、まずはちゃんと想《おも》いを告げるはずだ。そして相手から答えをもらい、自分の気持ちに決着をつけてからにするのではないか。


そんな風に勝手な憶測《おくそく》と希望的観測で、美桜は自分を安心させようとしていた。

だが、自分に都合のいい事実を集め、並べてみたところで、意味はない。


ずっと目をそらしてきたけれど、ようやく認められる気がした。

美桜はこの二年と少し、ただ春輝の隣《となり》にいただけだ。

隣にいられることがうれしくて、ふりむいてもらう努力をしてこなかった。


「でも、あきらめたくない」


気がつくと、美桜はハッキリと声に出していた。

「あきらめられない」ではなく「あきらめたくない」。

自分勝手なカン違《ちが》いにはずかしくなり、春輝の前から逃げ出してきた。

もうあわせる顔がないとまで思っていた。

それでも心の奥底では、こんなにも強くたしかな想いが残っていたのだ。

「……うん。わかってる」

あかりの言葉に、どんな励ましよりも胸が熱くなった。

いまはまだ情けなくて仕方がないけれど、少しずつ心が晴れていくようだ。


「そういえば、ウチにケーキがあるよ！」

「ふぇ？」

突然《とつぜん》の話題転換《てんかん》に、美桜は思わず顔を上げる。

こちらを見おろすあかりの瞳は、あたたかい光に満ちていた。自分を丸ごと受け止め、認めてもらえているようで、涙《なみだ》がひいていくのがわかる。

「駅前の星屋の新メニュー！　食べる？」

「た、食べるぅ〜」

あかりの気持ちに応《こた》えるために、前に進むために、いつまでも泣いていてはダメだ。

美桜は両手でぐっと握《にぎ》り拳《こぶし》をつくり、力強く言い聞かせる。

「今日ぐらい、甘いもの解禁しちゃっていいよね」


大好きな親友と、めいっぱい甘いものを食べよう。

今夜は我慢《がまん》しないで、ごはんもおかわりしよう。

ゆっくりお風呂《ふろ》に入ったら、お鍋《なべ》で入れたココアを手に、大好きな映画を観《み》よう。

いつもより夜ふかしをして、朝が来たら、また笑おう。


そう自分に言い聞かせながら、一歩ずつ前へ進んでいく。

並んで歩いていたはずのあかりの姿がないことに気づき、美桜はくるりとふりかえった。

「あかりちゃーん？」

呼びかけに、あかりが焦《あせ》ったように目元をこすったのが見えた。

目にゴミが入ったのか、それとも――。

「ほらほら、早く早くー！　ケーキは待ってくれないよ？」

美桜はあえて聞かないことを選び、大きく手をふりながら呼びかけた。

あかりはホッとしたように息をつき、すぐにまぶしい笑顔《えがお》を見せてくれる。

「……あはは！　それじゃあ、ウチまで競争ね」

見上げた空には、太陽と入れ替《か》わった月が淡《あわ》く光っている。

明日《あした》も晴れそうだと微笑《ほほえ》みながら、美桜は坂道を駆け下りていった。

chapter4
～4章～

早《はや》坂《さか》あかり

誕生日／12月3日
いて座
血液型／O型

美桜の親友。美術部部長。男子人気が高いが、実は人見知り。天才肌の春輝に共感している。

望《もち》月《づき》蒼《そう》太《た》

誕生日／9月3日
おとめ座
血液型／B型

映画研究部所属。
春輝、夏樹、優とは幼なじみ。
あかりのことが大好きな、いじられキャラ。

chapter 4 〜4章〜

たっぷりと自分を甘やかした翌日は、少しだけ気持ちも身体《からだ》も軽くなっていた。

朝は赤く腫《は》れぼったかった目も、いまではすっかり熱がひいている。

(それもこれも、あかりちゃんのおかげだなあ)

向かいあって座るあかりは、真剣《しんけん》なまなざしでクロッキー帳を見つめている。

放課後の美術室はいつになく人が多く、ざわついているけれど、あかりの耳には届いていないようだ。集中を切らすことなく、紙に鉛筆《えんぴつ》を走らせている。

美桜もデッサンの練習をしようと思いながら、なかなか椅子《いす》から腰《こし》を上げられずにいた。

隣《となり》の席の夏樹もやはり落ちつかないのか、何度もドアへと視線を投げている。

いや、夏樹だけではない。美術室に集まった部員たちは、そわそわしながら顧問《こもん》の松川《まつかわ》先生がやってくるのを待っていた。

（やっぱりみんなも、緊張《きんちょう》してるんだ。ついに発表だもんね）

コンクールの結果発表の瞬間《しゅんかん》は、何度経験しても慣れない。

答案用紙が返ってくるときとは、まったく違《ちが》うプレッシャーがあるのだ。

試験問題なら、その場で手応《てごた》えがわかるし、あとから自己採点ができる。

問題が解けなければ、出題者である先生に質問しに行くこともできた。

だがコンクールとなると、採点基準はわかるようでわからない。

にもかかわらず、美桜の作品は決まって「可もなく不可もなく」と評価される。

それがわかっていたから、美桜は憂《ゆう》うつでたまらなかった。


『すごく上手《うま》いけど……やっぱなんか、お手本みたいなんだよな』


春輝からミーティングでつきつけられた感想は、美桜の弱点そのものだった。

テーマが決まっているコンクールでは、それなりに結果が残せる。

けれど「自由に描《か》いていい」といわれると、ウソのように筆が動かなくなってしまう。真っ白なキャンバスの前で、途方《とほう》に暮れてしまうのだ。

そのたびに自分は空っぽなのだと思い知らされるようで、ますます怖《こわ》かった。

(……でも、もう大丈夫《だいじょうぶ》)

変わりたいと思うのなら、まずは現実を受け止めること。

そして、あきらめずに描き続けることが大切なのだ。

これまで怯《おび》えてばかりいたけれど、負のループから抜《ぬ》け出すことだってできるはずだ。

そこに、強い意志があるのなら。


ガラリとドアが開き、松川先生が顔をのぞかせた。

満面の笑《え》みを浮《う》かべていて、部員の誰《だれ》かが受賞したのが伝わってくる。

途端《とたん》にざわついていた美術室が静まり返り、室内の生徒全員が、先生の次の言葉を待った。


「早坂さん、合田さん、おめでとう!」

最優秀賞《さいゆうしゅう》にあかりが、佳作《かさく》に美桜の作品が選ばれたのだと松川先生は告げた。

結果の書かれた紙が黒板に貼《は》られ、わっと部員が集まる。

「先輩《せんぱい》、おめでとうございます。私、絶対選ばれると思ってました！」

「これでまた連勝記録のびましたね〜」

後輩《こうはい》たちに囲まれ、あかりは照れくさそうに笑っている。

美桜も笑顔でお礼を言いながら、ふと夏樹が黙《だま》ったままなのに気がついた。

夏樹は輪から少し外れたところに立っていて、みんなから切り離《はな》されているかのようだ。

（今回は、なっちゃんもエントリーしてたよね……？）

不思議に思い、美桜は改めて審査《しんさ》発表の紙を見つめた。

最後の欄《らん》まで目線を下ろしきってから、再び一段目に戻《もど》る。

見落としたかもしれないともう一往復したが、「榎本夏樹」は見つからなかった。

描き手とコンクールには相性《あいしょう》がある、というのは松川先生の言葉だ。

美桜はこの三年間で良くも悪くも、そのことを実感するようになった。

たとえば美桜の審査結果がテーマの有無《うむ》に大きく左右されるように、夏樹にも苦手な分野があるはずだ。今回はたまたま相性が悪かったのだろう。
(それは、なっちゃんもわかってるはずだけど……)

なんだか嫌《いや》な予感がする。
美桜はなんともいえない不安《ふあん》に駆《か》られ、どこか様子のおかしい夏樹を目で追う。
夏樹は審査結果の紙から視線を外すと、おもむろに天井《てんじょう》を仰《あお》いだ。
その横顔は驚《おどろ》くほど静かで、美桜は思わず息をのむ。

(……あかりちゃんも気になってるのかな)
後輩たちの輪から抜け、あかりも美桜と同じように夏樹に視線を送っていた。
当の夏樹は二人の視線に気づくことなく、黒板へと背を向ける。
そしてさっきまで座っていた席に戻り、荷物を片づけはじめた。

(えっ、帰るってこと?)
あっけにとられている間にも、夏樹はカバンを肩《かた》にかけ、すたすたと歩いていく。

ドアに手をかけたところで、ついにあかりが声をかけた。

「なっちゃん？　どこ行くの？」

「歯医者の予約！　日を変えてもらってたの、忘れてたんだ」

「え？　歯医者なら、昨日も……」

戸惑《とまど》うあかりの言葉を、夏樹が焦《あせ》ったようにさえぎる。

「ごめん、もう行くねっ」

「なっちゃん⁉」


あかりがもう一度呼びかけるが、それでも夏樹の足は止まらない。

この距離《きょり》で聞こえていないわけがないから、あえて立ち去ったのだ。

残された二人の間に気まずい空気が漂《ただよ》う中、あかりは勢いよく美桜をふりかえった。

「……美桜ちゃん、私、なっちゃん追いかけてくる」

「う、うん」

あかりは乱暴に荷物をまとめると、そのまま夏樹の後を追って教室を飛び出した。

美桜と五十歩百歩ではあるけれど、あかりはあまり運動が得意ではない。足も遅《おそ》いほうだし、体育の授業以外ではめったに走ったりしないのだが、全速力で夏樹の後を追っていた。

（二人とも、何かあったのかな……）


今日は朝から、あかりの様子がおかしかったことは覚えている。

ため息が多く、ぼんやりとしていて、声をかけても反応が遅かったり薄《うす》かったりした。

違和感《いわかん》を覚えたのは、お昼休みのときだ。

あかりは、夏樹の様子をうかがうように、じっと彼女を見つめていた。

美桜は最初、それだけ夏樹の話に集中しているのだろうと思った。

ところが夏樹から話をふられると、あかりはパッと視線をそらしてしまう。

それでいて会話には明るく参加するので、夏樹も美桜も理由を深くは追及《ついきゅう》しなかった。


（昨日、お家《うち》にお邪魔《じゃま》したときは、普通《ふつう》だった……よね？）

別れ際《ぎわ》には、今度は夏樹も誘《さそ》って、星屋に行こうと話したくらいだ。

もしあかりが夏樹に対して何か思うところがあるのなら、断らないにしろ、違《ちが》う反応が返ってきたのではないだろうか。

（……ううん、そうじゃないのかも）

よくよく思い返してみれば、あかりはあのとき、少し困ったように笑っていた。

『今度はなっちゃんも誘って、お店のほうにも行こうね』

『……そうだね。なっちゃんもよければ』


あれは「夏樹の都合がよければ」という意味だと思っていた。

だが、美桜の勘違《かんちが》いだったとしたら？

三人とも甘いものが好きなのだから、夏樹がケーキ屋を嫌がるはずはない。

ではあかりは、夏樹が何を嫌がると思ったのだろう。

まさか「美桜とあかりと一緒《いっしょ》でもよければ」と、そういう意味だったのだろうか。

（ううん、そんなことあるはずないよ！　だって、なっちゃんがあかりちゃんを嫌がる理由なんてないし……）

美桜は必死に自分の推理を否定するが、あかりと夏樹の二人しか知らない問題があるのではという不安が邪魔をして、完全に打ち消すことはできそうになかった。

「合田さん、ちょっといい？」

美術準備室に引っこんだ松川先生が、ドアから顔をのぞかせている。

ちょいちょいと手招きされ、美桜はこくんとうなずいた。

（なんだろう、作品の返却《へんきゃく》のことかな？　それとも役職の引《ひ》き継《つ》ぎの件かな）

桜丘高校の美術部は毎年、この時期に代がわりすることになっている。

立候補制ではなく、先代からの指名制だ。今回のコンクールの結果を反映しながら、部長のあかりと副部長の美桜が、次の代の候補者を絞《しぼ》らなければならなかった。

ずいぶん前からわかっていたことなのに、美桜は重い腰《こし》を上げられずにいた。

心のどこかで、卒業を意識したくなかったのかもしれない。

（あかりちゃんは、もう考えてるかな……）

ドアを閉めると、後輩《こうはい》たちのざわめきが消え、一気に静かになる。

松川先生は一枚の紙を手渡《てわた》し、にっこりと微笑《ほほえ》んだ。

「実はね、今年も絵画教室の先生をお願いできないかって話がきてるの」

「絵画教室って、あの町内会のですか？」

「そうなの。去年の生徒さんたちが、今年も絶対来てほしいって言ってくれてるんですって」

芸術の秋にちなみ、桜丘町内会では毎年、絵画教室を開催《かいさい》していた。

生徒の年齢層《ねんれいそう》は幅広《はばひろ》く、下は幼稚園《ようちえん》生、上は祖父母と同年代が集まってくる。

美術部は部長と副部長を中心に、ボランティアとして参加することになっていて、去年はあかりと夏樹、美桜の三人で先生役を務めていた。

（生まれてはじめての先生役で緊張《きんちょう》したけど、すごく楽しかったなあ）

至らない点が多かったと思うが、今年も絶対に来てほしいと言ってもらえていると聞き、じんわりと胸が熱くなってくる。

「どうかな、参加してもらえそう？」

「はい、ぜひ！　なっちゃんとあかりちゃんの予定も聞いてみますね」

開催日を確認《かくにん》しようと案内に目を通すと、松川先生がふっと声のトーンを落とした。

「……二人が難しくても、合田さんは参加してくれる?」

「えっ?」

驚《おどろ》いて顔を上げると、真剣《しんけん》な表情の先生と目があった。

去年のように十一月に開催されるなら、新しい部長と副部長である二年生も参加することになる。先生役の数は足りているし、問題ないはずだ。

美桜は不思議に思いながら、「もちろんです」とうなずく。

「でも私だけじゃ、生徒さんたちも……」

「ねえ、合田さん」

続けようとした言葉は、松川先生の笑顔の前に消え入った。

なんともいえない不思議な迫力《はくりょく》を感じ、美桜は先生を見つめ返す。

「合田さんは絵を描《か》いていて、楽しい?」

不意打ちで、核心《かくしん》をつく質問だった。

答えを探すけれど、一向に見つからなくて……。

たまらずうつむいた美桜に、松川先生のやさしい声が降ってくる。

「私の勘違いならゴメンなさい。最近の合田さんは、なんだか怖《こわ》い顔をしてキャンバスと向かいあっているような気がして、ちょっと心配だなって思ってたの」

ああ、先生は見ていてくれたんだ。

言われたことからは的外れかもしれないけれど、真っ先に浮《う》かんだのはそんな思いだった。

（……私は、二人とは違うから……）

夏樹のようにムードメーカーでもなく、人を笑顔にするような作品が描けるわけでもない。

あかりのように天真爛漫《てんしんらんまん》でもなければ、圧倒《あっとう》的な才能を持っているわけでもない。

人見知りで、積極性に欠け、友人たちの陰《かげ》に隠《かく》れて安心してしまう。自由に描いていいと言われたら、戸惑《とまど》って筆が進まなくなってしまう。

そんな自分のことを、きちんと見ていてくれたのだ。

顔を上げた美桜に、松川先生は穏《おだ》やかな口調で続ける。

「先生、やってみて楽しかった？」

「……はい」

声はかすれ、聞き取りづらいものだったけれど、美桜は確信をもってうなずいた。

自分を好きになるための鍵《かぎ》は、こんなにも近くにあったのだ。

(春輝君、私もやっと見つけたよ)

春輝やあかりのように、キラキラと輝《かがや》く才能ではないかもしれない。

それでも、これが自分なのだ。

美桜は生まれたばかりの希望を抱《だ》きしめ、前に進むための一歩を踏《ふ》み出した。

翌朝、身支度《みじたく》を終えて部屋に戻《もど》ると、メールが二通届いていた。

ドアを開けるなり、ベッドに置きっぱなしにしていたケータイがチカチカと点滅《てんめつ》しているのが目に飛びこんできて、美桜はドキリとする。

ライトの色はピンク、とくに親しい人たちから連絡が来たときに光るよう設定した色だ。

留守番電話を報《しら》せる緑は光っていないから、メールが届いたのだろう。

(こんな時間に、どうしたのかな……？)

不思議に思いながらボタンを押すと、差出人の欄《らん》には夏樹とあかりの名前があった。

二人のメールはほとんど同時に届いており、どちらもタイトルは「おはよう」で、一緒《いっしょ》に登校しようという内容まで同じだった。おまけに夏樹のメールはあかりと美桜が、あかりのメールは夏樹と美桜が送り先に指定されていた。

(なっちゃんとあかりちゃん、息がぴったりだなあ)

きっといまごろ二人も、お互《たが》いのメールを見て笑っているに違《ちが》いない。

美桜は「いつものところで待ってるね」と返信し、少し早めに家を出た。

約束の場所の十字路につくと、すでに夏樹とあかりが待っていた。

さりげなく腕《うで》時計を確認すると、約束の時間まであと十分以上も残っている。

(二人とも朝弱いのに、めずらしいなあ)

メールには書かれていなかったけれど、何か重要な話があるのかもしれない。

美桜は急に忙《いそが》しくなった鼓動《こどう》を落ちつかせるように、ゆっくりとマフラーを巻き直して言う。

「おはよー。今朝《けさ》も寒いね」


「昨日はゴメン!」

「心配かけてごめんなさいっ」

微妙《びみょう》にハモったりズレたりしながら、勢いよく夏樹とあかりが頭を下げた。

お手本のようにキレイな四五度のおじぎに、美桜は言葉を失い、見とれてしまう。

けれど周囲の視線を集めていることに気づき、慌《あわ》てて二人の肩《かた》を揺《ゆ》すった。

「ふ、ふええ!? なっちゃん、あかりちゃん、顔を上げてえええー!」

夏樹とあかりは顔を見あわせてから、渋々《しぶしぶ》といった風に曲げていた腰《こし》を元に戻した。

いつものように二人の視線が高くなったことに、美桜はほっと息をつく。

「昨日のことなら、気にしてないよ。それより今日の放課後、空いてる？」

二人の話を聞かずに話題を変えたことに、夏樹もあかりも驚きを隠せないでいる。

もちろん美桜にも、詳《くわ》しい事情を聞きたい気持ちがあった。

夏樹とあかりの間に何があったのか、もう問題はなくなったのか。自分だけ仲間外れになるのは嫌《いや》で、一から十まで知っておきたいという想《おも》いは、なかなか消すことはできない。

（でも、二人の顔を見たら……大丈夫《だいじょうぶ》だってわかるから）

問い質《ただ》す代わりに、美桜は別の質問を選ぶ。

二人に劣等《れっとう》感を抱《いだ》くのではなく、本当の親友でいるために。

「なっちゃんも一緒に、星屋に行かない？」

「……駅前にできた、新しいケーキ屋さんだっけ」

「そうそう。すっごく美味《おい》しいんだよ～」

味を思いだしたのか、あかりがうっとりしたように言う。

美桜も「うんうん」とうなずくと、気づいた夏樹が小さく「えっ」と叫《さけ》んだ。

「もしかして、二人はもう食べたの？」

「うん。この間、あかりちゃん家《ち》でごちそうになったんだ」

「えー！　いいなあ、私も食べたいっ」


にぎやかな声が、朝の澄《す》んだ空にとけていく。

ひさしぶりの空気感は、やっぱり三人がそろわなければつくれない。

美桜は泣きそうなくらいのしあわせを噛《か》みしめ、朝陽《あさひ》に輝く坂道を見上げた。


帰りのＳＨＲ《ショートホームルーム》が終わると、担任の明智は教壇《きょうだん》から春輝を呼んだ。

出席簿《ぼ》に挟《はさ》んであった白い封筒《ふうとう》をヒラヒラとかざしてきたので、用件はすぐにわかった。

ついに、コンペの最終審査《しんさ》結果が届いたのだ。

「――で、なんで屋上？」

明智が向かった先は、職員室でも進路指導室でもなかった。まだ太陽は沈《しず》まずに空にあるが、時折吹《ふ》きつける風はすっかり冷たくなっている。

春輝は身体《からだ》を縮こまらせながら、ハタハタとうるさい白衣をにらみつけた。

「ここなら誰かに聞かれる心配がないからな」

「とか言って、教頭に見つからずに、煙草《たばこ》が吸いたかっただけだろ」

屋上につくなり白衣のポケットを探《さぐ》る明智に、春輝は苦笑《くしよう》まじりに指摘《してき》した。

明智はぴくりと眉《まゆ》をあげ、わざとらしく口を尖《とが》らせる。

「違いますー、アメですー」

申告《しんこく》通り、姿を現したのは棒付きのアメだった。

明智は器用な手つきで包装紙をむき、春輝の口の中につっこんできた。

「おまっ、あふへーはお!?」

「はい？　何を言ってるか、わかりませーん」

危ないだろうという春輝の苦情を、明智はしたり顔で受け流す。

おまけに、いつまで経《た》っても自分の分のアメは取りださない。まだポケットは膨《ふく》らんでいるから、たっぷり持っているはずだ。

(それとも、煙草しか残ってないとか？)

喫煙《きつえん》したかったわけではないと否定した手前、いまさら取り出せないのだろうか。

自分たちはこういう負けず嫌《ぎら》いなところがよく似ていると、春輝は気がついていた。

そして、似ているからこそ、腹が立つことが多かった。


「……ほのまへ、もちひゃにもひゃったろ」

「もちひゃ？　ああ、望月？　美味《うま》いって言ってたろ？　限定の焼《や》き芋《いも》味だぞ」

(いまのでよくわかったな)

わざと聞き取りにくいようにしゃべったのだが、どういう耳をしているのか、明智には正確に意味が通じてしまった。これでは仕返しの意味がない。

春輝はガリゴリッと一気に嚙み砕《くだ》き、本題に入るよう言葉を続ける。

「その封筒、コンペの結果だろ？」

「おっまえなあ、限定味つったろ？　もっと味わって食べろって！」

「あーもー、面倒《めんどう》くせー！　さっさと渡《わた》せっ」

春輝は明智の手から封筒を取り上げ、表書きを確認《かくにん》した。

予想通り、長ったらしいコンペの正式名称《めいしょう》と一緒《いっしょ》に「選考結果のご連絡《れんらく》」とある。

迷うことなく中を開け、一番上に入っていた紙を取り出した。

「……進路、決まったわ」

「おまえさ、本気で留学する気あるの？」

間髪《かんはつ》をいれずに、鋭《するど》い調子で問いかけられる。

（こういうときは、一応『おめでとう』が先じゃね？）

春輝が黙《だま》りこんでいる間に、明智はさらに続けた。

「映画で食っていくって相当しんどいぞ。きっと、おまえの想像以上に」

「……学部と将来の職業は、必ずしもイコールじゃないだろ？」

言い返すと、相手は何がおかしいのかプッと笑い出した。

「いまの、自信がないから保険かけたな？」


これだから、咲兄と話すのは嫌なんだ！

怒鳴《どな》り散らしたい衝動《しょうどう》をこらえ、春輝はぐっと自分の腕《うで》をつかむ。

緊張《きんちょう》していたのか、指先が驚《おどろ》くほど冷えていた。

（相手のペースに乗るな。おもしろがって、悪ノリされるだけだ）

春輝は頭を切り替《か》えるように、ふっと目を閉じ、ゆっくりとまぶたを持ち上げた。


「……参考までに聞くけど、咲兄はなんで教師になったんだ？」

「さあ、なんでだったかなあ」

「覚えてねーのかよ」

「うん！　あ、教師を続けてる理由なら答えられるけど」

「何」

春輝がにらむように視線を投げると、明智は満面の笑みで言う。

「おまえたち生徒がカワイイから」

「ウソくせえー！」

とっさにツッコミを入れていたが、まぎれもない真実なのだと知っている。

そんな春輝の心のうちなどお見通しなのか、否定も肯定《こうてい》も返ってこなかった。


「自分の将来なんだしさ、自分で答えを出しなさいね」


「わかってる」

即答《そくとう》した春輝に、明智は「本当に？」と言いたげに視線を送ってきた。

あれこれ言いつくろっても、ウソくさくなるだけだ。ただ黙ってうなずけばいい。

頭ではわかっているのに、春輝は固まったように立ち尽《つ》くしてしまう。


「どっちを選んでも、何を選んでも、誰《だれ》かのせいにしないよーに」


そう言った明智は、いつものようにやる気のなさそうな顔をしていた。

なのに、やけに説得力があって、目の前の相手は本当に「教師」なのだなと思う。

春輝は答える代わりに、強くうなずいた。

明智が屋上を去ってからも、春輝はその場から動く気にはなれなかった。

手にした封筒《ふうとう》は数枚の紙が入っているだけで、たいした重さはない。いまも風に揺《ゆ》れて、ペラペラと軽い音を立てているくらいだ。

(なのに、なんでこんなに重く感じるんだろうな)

これは努力の末につかんだ未来への切符《きっぷ》だ。

春輝にとってはそれだけ重要で、軽々しくないということだろう。

そう頭ではわかっているのだが、戸惑《とまど》いのほうが大きく、感情が追いつかないのだ。

「……とりあえず、部室行くか」

映画制作は編集段階に入り、分業制とはいかなくなっている。優も蒼太も、監督《かんとく》という立場である春輝がいなければ作業を進められないのだ。

春輝は自分に言い聞かせるようにつぶやき、無理やり足を動かす。

視界の端《はし》では、藍色《あいいろ》の空に夕陽《ゆうひ》がとけはじめていくのが見えた。
夜が来て、冬が来て、やがてタイムリミットが訪《おとず》れる。

(もちたの奴《やつ》、いつにも増して落ちつきなくね?)

放課後の部室はいま、春輝と蒼太の二人きりだ。
たとえこちらが意識していなくても、そわそわしている様子が視界に入ってくる。おまけに蒼太が姿勢を変えるたびに椅子《いす》や机が音を鳴らすから、つい気になってしまう。

ここに優がいれば、少しは違《ちが》っただろうか。
だがあいにく、週末には全国模試があるのだ。「いまさら焦《あせ》っても仕方ないって」と笑う優を、蒼太と春輝の二人がかりで、半ば無理やり部室から押し出したのだから、ここであれこれ言っても仕方がない。

（まあ、もちたの様子が変なのは、今日にはじまったことじゃないけど）

たしか、自分が放課後の教室で夏樹と告白予行練習をした直後からだ。

蒼太とあかりらしき後ろ姿を見た気がしたが、この様子では本人たちだったのだろう。


ノートパソコンから顔を上げ、そっと蒼太の様子をうかがう。

すると向こうもこちらを見ていたようで、ばちっと視線があってしまった。

蒼太はあからさまに驚き、そのまま勢いよく顔をそむけた。


わかりやす過ぎる一連の反応に苦笑《くしょう》しながら、春輝はからかうように言う。

「なんだよ、思春期？」

露骨《ろこつ》な挑発《ちょうはつ》に、蒼太はムッとしたようにふり向いた。

その口から出てきたのは、表情とはちぐはぐな言葉だった。


「――僕、指定校推薦《すいせん》の枠《わく》をもらえたよ」

「マジか！　やったな、おめでとう」

「ありがとう。春輝も……」

「ん？」

口ごもった蒼太に、春輝は笑顔《えがお》を見せながら、片眉《まゆ》を上げる。

蒼太が言いたいことはなんとなくわかっていたが、本人から聞きたかった。

じっと見つめると、蒼太はためらいがちに口を開いた。

「春輝も、何か報告があるんじゃない？」

「……いまの流れでいくと、おめでたい内容だよな」

「そうなるね」

蒼太は、思ったよりもずっとあっさりと認めた。

今度は春輝のほうが気まずくなり、視線をパソコンのキーボードへと落とす。

（ええっと、これはどこまで知ってるんだ……？）

いつもの癖《くせ》で後ろ髪《がみ》を乱暴にかきながら、状況《じょうきょう》を整理しようと必死に頭を働かせる。

コンペに優勝したことは、まだ誰にも知られていないはずだ。

あれでいて明智は口が軽いほうではないから、職員室でウワサになっているのを、たまたま

蒼太が聞いたのかもしれない。

（遅《おそ》かれ早かれ、いつかは言わなくちゃいけなかったんだけどさ……）

春輝自身も一時間ほど前に知らされたばかりで、いまいち実感がわいていなかった。

それどころか、素直《すなお》によろこべない自分に驚《おどろ》き、困惑《こんわく》してもいる。

（そんな状況で、なんて言えって？）

正直に伝えるしかないのだろうが、春輝はつい曖昧《あいまい》な言い方をしてしまう。


「悪い。ゲン担《かつ》ぎっていうか、正式に決まってから言おうと思ってたんだ」

「……そうなんだ。たしかにコンペって最後まで何があるかわからないし、みんなを巻きこんで一喜一憂《いっきいちゆう》するのは、春輝が一番きついと思う」

「まあな。けど、納得《なっとく》できるかどうかは別《べつ》ってことだろ？」

春輝が自分の眉間《みけん》を指でさしながら言うと、蒼太はきょとんと目を丸くした。

だがすぐに「顔に出てるぞ」と指摘《してき》したのが伝わったようで、何か言いたそうに口を尖《とが》らせながら、眉間のしわを伸《の》ばしはじめた。


（もちたは、何が引っかかってるんだ？）

これまでも春輝は個人的にコンペに出品を続けてきたし、中間発表ではなく、最終結果だけを伝えてきた。そのことは蒼太も知っているはずで、今回に限ってこだわるのはなぜだろう。

訝《いぶか》しげな視線を送ると、蒼太からは鋭《するど》い視線が返ってくる。

「そこまでわかってるなら単刀直入に言うけど、春輝はなつきをどうするの？」

「……驚いた。もちたまで、優みたいなこと言うんだな」

「告白してるとこ、見ちゃったんだ。あれは、何？」

ずいっと身を乗り出してきた蒼太に、春輝は肩《かた》をすくめる。

「ああ、だと思った」

「……は？」

「もちたっぽい後ろ姿が見えたんだよ。一緒《いっしょ》にいたの、早坂か？」

「何を能天気に！　あかりんは……っ」

早坂がどうしたのだろう。

蒼太は無理やり言葉をのみこむと、うなるように言う。

理由はわからないが、どうやら蒼太は春輝に怒《おこ》っているらしい。

「もう一度聞くけど、あれは何？」

「予行練習だよ。告白ってさ、緊張《きんちょう》するだろ？　だから練習しておいたほうがいいって勧《すす》められて、それでなつきに相手役を頼《たの》んだってだけ」

「……な、何それ!?」

「だから、告白予行練習だって」

蒼太は両腕《りょううで》で頭を抱《かか》えながら、長机に突《つ》っ伏《ぷ》した。

「……それじゃあ、春輝はなつきのことが好きなわけじゃないってこと？」

「そういうことになるな」

「なら、なんでさっさと本命に告白しないわけ？」

おまえには関係ないだろ！

とっさに言い返しそうになり、春輝は机の下で自分の太ももをつかむ。

爪《つめ》が食いこむ痛みで、わずかだが落ちつきが戻《もど》ってくる。

蒼太は春輝の視線に怯《ひる》んだようだったが、意を決したように畳《たた》みかけてきた。

「ああ、そうか。告白しないんじゃなくて、できないんだ？　例の映画祭の副賞、アメリカの大学に留学させてくれるんだもんね」

できない、に力がこめられていたのは、春輝の気のせいではないだろう。

沸騰《ふっとう》した怒《いか》りが、急激に冷やされていくのを感じた。

「……どうなの？」

「もちたはさあ、人のことよく見てるよな。で、ちゃんと心配できる偉《えら》いやつだ」

「そういうのはいいから。ほめてもらっても、追及《ついきゅう》はやめないよ」

ピシャリと言い放つ蒼太に、春輝も誠意を持って答える。

「いや？　ただの俺の本音」

その響《ひび》きに、蒼太は面食《めんく》らったようだった。

「は、はあ？　念のために聞くけど、それとこれと話はつながってる？」

「……俺はさ、自分のことが一番可愛《かわい》いんだよ。映画を撮《と》る以外はどうでもいいとかって思ってるとこあるし、いい画《え》を撮るためだったらなんでもする」

結局のところ、それが答えだった。

寝《ね》ても覚《さ》めても、頭の中は映画のことだらけ。我ながらどうしようもないと思いながら、そこにしあわせの在《あ》り処《か》を見つけてしまったのだとも気づいている。

「副賞で留学させてくれるっていうアメリカの大学も、映画学科が有名なとこだから、そこで学べるのは単純にうれしいし、チャンスだと思ってる。けど……」

言ってしまえば、もう後戻《あともど》りはできなくなる。

それがわかっているから、悪あがきのように言葉に詰《つ》まってしまった。

しかし、蒼太の「うん」という相づちが聞こえ、気づけば声に出していた。

「映画以外にも、大事なもんがあるってことに気づいたんだ」

誰《だれ》に指摘されなくても、ひどいことを言った自覚はあった。

いまの春輝の中では、映画が一番だ。

それは変えられないくせに、美桜を想《おも》う気持ちを捨てられはしなかった。

「……彼女には、副賞のこと伝えた？」

大事なものがあると言っただけなのに、蒼太は正しく汲《く》みとってくれていた。

彼女と言葉を濁《にご》しているが、きっと相手が美桜なのはバレているのだろう。

「言ってない。最初は決まったら言うつもりだったけど、無理だなって思った。下手すると、そのまま告っちゃうだろうから」


春輝は「ははっ」と力なく笑う。

自分でも情けないと思うけれど、それもまた事実だった。

いまは映画より大事にできるはずがないとわかっているのに、告白したい——。

むちゃくちゃな話だし、どこまでも身勝手だ。


「……いきなり遠距離《えんきょり》って厳しいよな。しかも国内じゃなくって、アメリカって！　断られる確率が、倍になるだろっての」

いたたまれなさからか、春輝はつい自虐《じぎゃく》的な方向に話題をふってしまう。

蒼太は何も言わずに、ぐっと唇《くちびる》を噛《か》みしめている。

「おーい、いまのは『副賞かっさらう気満々だね？』とか言っとくとこだろ」

頼むから笑い飛ばしてくれよ。

そう願いながら告げたものの、蒼太は真っ向から返してきた。

「相手にだって、選ぶ自由はあるからね。春輝が勝手にあれこれ先回りして考えてたって、彼女のほうは遠距離でも構わないって言うかもしれないよ？」

ありえない。美桜が好きなのは、別の奴《やつ》なんだ。

答える代わりに、春輝は勢いよくイスから立ち上がった。

身構えた蒼太に苦笑《くしよう》を浮《う》かべ、少し頭を冷やそうと窓際《まどぎわ》へと歩いていく。

「……言っただろ？　結局さ、俺は自分が一番可愛いんだよ。フラれるのも、遠距離でうまくいかないのも、同じくらい嫌《いや》なんだ」

「傷つきたくないから？」

春輝は窓の外を眺《なが》めながら、蒼太の質問には直接答えずに続ける。

「おまけに、こうやって話してる間にも、頭の片隅《かたすみ》では映画のことを考えてるしな。新作のことだけじゃない。この経験が何かの役に立つんだろうなとか、そういうの」

「矛盾《むじゅん》してるよ。フラれたり、遠距離に失敗するのも『いい経験』には違《ちが》いないじゃない。充《じゅう》分《ぶん》、映画づくりの栄養になるでしょ？」

「……偏食《へんしょく》家なんだ」


さすがに苦しい言い訳だった。

蒼太も、これ以上待っても春輝が本音を言わないと思ったのか、別の話題を口にする。

「そういえば上映会って、正式に決まったんだっけ」

「……生徒会のほうから、書面が届いてたな」


映画研究部が新作を撮っている。しかも卒業がテーマらしい。

そうウワサを聞きつけた生徒会から、卒業式の前日に上映会を行いたいという申し出があったのは一週間ほど前のことだ。

卒業がテーマの作品を、式の前日に、卒業生と在校生が一緒《いっしょ》に鑑賞《かんしょう》する。

あまりにベタな状況《じょうきょう》で作品を上映しては、観客が先入観を持つのは目に見えていた。最悪の場合、「卒業」という部分しか注目されないかもしれない。大事な作品をそんな風に上映したくないと断り続けたが、生徒会の熱意も相当のものだった。

結局、映画研究部のファンだという生徒会長に押し切られ、上映会が決定した。

生徒会主催《しゅさい》とはいえ、事前に職員会議で映画の内容が確認《かくにん》されることになっている。

そこで一回でOKが出るとは限らず、編集を余儀《よぎ》なくされることもあるだろう。その分、スケジュールが前倒《まえだお》しになり、制作状況はお尻《しり》に火がついた状態だ。

（なんだけど、それはわかってるんだけど……）


「どうしても追加したいシーンがあるんだよなあ」

春輝のつぶやきに、蒼太は「うっ」と息をつまらせた。

聞き流すこともできたのに、律儀《りちぎ》に確認の言葉が返ってくる。

「……もう日がないよ？　優には相談した？」

「今日はちょうど晴れてるし、絶好の撮影日和《さつえいびより》だと思うんだよなあ」

「だから、優とスケジュールの相談はしたの？」

「いまより早いときはない！　もちた、カメラを持て！」

蒼太を引っぱっていった先は、春輝たちの最寄《もよ》り駅から少し歩いた先にある公園だった。

住宅街の中にあるため公園は小さく、遊具も少ない。オレンジに染まるブランコやベンチは、カメラに収めると懐《なつ》かしく映った。


「ねえ、さっきなつきっぽい子が歩いてなかった？」

「見間違《みまちが》いじゃね？　ああいうカッコしてる女子、よく見かけるし」

「いやいや、制服はみんな一緒だから。っていうか、あの髪型《かみがた》の女子は……」

蒼太はなおも言い募《つの》ったが、ふいに口をつぐんだ。

（なんだ？　本当になつきか？）

蒼太の視線の先を追うと、砂場のそばに、見知った人物がたたずんでいた。

後ろ姿だけで誰だかわかり、春輝は気にせずカメラを担《かつ》いだ。

「こんなところで、どうしたの？　家って反対方向じゃない？」

「……そっか。もっちーと芹沢君も、ここが地元なんですよね」

蒼太と恋雪の会話を聞きながら、春輝は三脚《さんきゃく》の位置を調整する。

夕陽が世界を染めるのは一時間半ほどと限られているから、撮影は時間との勝負なのだ。

「うちの監督《かんとく》が、どうしても追加で撮《と》りたいシーンがあるとか言い出して……」

背後から聞こえてくる声に、春輝は内心で苦笑する。

きっと蒼太は「やれやれ」とでも言いたげに、肩《かた》をすくめているに違いない。

恋雪の忍《しの》び笑いが聞こえてくる。

「忙《いそが》しそうですね」

「ゆっきーは？　何してたの？」

「……しようと思ったけど、できませんでした」

ふいに、恋雪の声のトーンが変わった。

むしょうに気になり、春輝は二人のほうへとふりかえった。

蒼太はぽかんと口を開け、恋雪はどこか切なそうに公園の入り口を見つめている。

『ねえ、さっきなつきっぽい子が歩いてなかった？』


さきほどの蒼太の言葉が、脳裏《のうり》によみがえった。

見間違いではなく、本当に夏樹だったとしたら？

そもそも恋雪は、この公園で何をしていたのだろう。


「なあ、さっきの！」


気がつくと、春輝は三脚のねじを締《し》めながら叫《さけ》んでいた。

「もちた『も』俺『も』地元がここって、誰《だれ》と一緒だって？」

「芹沢君は瀬戸口君と仲がいいですもんね。やっぱり気になりますか」

（は？　ああ、なるほど、優もここにいたのか）

言わなくてもいいのに優の名前を出した上、わざわざ挑発《ちょうはつ》するような言い方をしてきた。

見た目からはわからなかったが、恋雪は相当動揺《どうよう》しているらしい。

「いやいやいや、カン違いしてるって。俺の幼なじみは、優だけじゃないからな？」

春輝は暗に、自分で答えをバラしているぞ、と指摘《してき》する。

とっさに意味が通じなかったのか恋雪は首を傾《かし》げたが、納得《なっとく》したようにポンッと手を叩《たた》く。

「榎本さんとも幼なじみなんですよね」

「そうそう。で、告白『しようと思ったけど、できませんでした』ってのは？」

「ちょ、ちょっと春輝！　幼なじみだからって、そこまで立ち入れないでしょ」

慌《あわ》てる蒼太とは対照的に、恋雪は気持ちを押し殺すように微笑《ほほえ》む。

「告白以前の問題だった、ということです」

「ゆっきーも！　別に答えなくていいんだってば……っ」

こらえきれなくなった蒼太が制止したが、恋雪は笑《え》みを崩《くず》さず告げた。

「僕は何も言えないまま、榎本さんを見送ったんです」

淡々《たんたん》とした口調だったが、その声には沈《しず》んだ音色がまざっていた。

言い終えるとついに笑顔を保てなくなったのか、恋雪はうつむいてしまう。

「告白できなかったんじゃなくて、しなかったんじゃないの？」

「僕はっ、この気持ちを受け入れてもらえるとは思ってなかった。でもせめて、伝えるだけ伝えたいと思って……外見を変えても、外面を変えてみても、意味がなかった」

恋雪は弾《はじ》かれたように顔を上げ、唇《くちびる》を震《ふる》わせた。

その反応に、春輝は「やっぱりな」と奥歯を噛《か》みしめる。

恋雪が変わったのは、夏樹への想《おも》いからだったのだ。

（そこで告白できてればよかったんだろうけど……）

おそらく恋雪が夏樹を好きになったのは、昨日今日のことではないはずだ。

一年、二年、もしかしたら入学してからずっと、思い続けてきたのかもしれない。

それだけの間、夏樹のことを見ていたから、自然と気づいてしまったのだ。

自分の好きな人が、誰を好きなのかを。

「僕の気持ちは、彼女にとっては重荷にしかならないってわかったんです」

「そんなこと……」

こらえきれなくなったのか、蒼太が声をあげた。

しかし恋雪がゆっくりと首を横にふり、それ以上言わせなかった。

春輝は少しだけ迷い、沈黙《ちんもく》を破った。


「……なつきに、好きなヤツがいるからか」

「相手に好きな人がいたとしても、ゆっきーの気持ちは重荷になんかならないよ！」

蒼太の悲痛な声に、恋雪はかすかに眉《まゆ》をひそめた。

きっといまので気づいたのだろう。片想いの相手に好きな人がいるのは、蒼太自身だと。

だが恋雪はそれにはふれず、小さくうなずいた。

「そういう考え方も、あると思います」

恋雪の中では、もう答えが出ているのだろうか。

春輝と顔をあわせる前、この公園で優と夏樹と向かい合ったときに、さまざまな可能性の中から、たった一つを選んだのだ。

「もしかしたら……」

ふいに恋雪がつぶやいた。

だが声にしてしまってから、やっぱり言わないほうがよかったと思ったのか、恋雪は固く口を閉《と》ざしてしまう。

(このまま聞かなかったことにしたほうがいいのかもな)

いまさらだ。そう思うなら、もっと早く切り上げるべきだった。

けれど誰かに言ってしまった言葉は、いまさらなかったことにはできない。

恋雪にとって、ためこんでいた想いを外に出すことがいいのか、それとも——。

蒼太の様子をうかがうと、口を固く閉じてじっと恋雪が話し出すのを待っていた。

全身で恋雪のことを応援《おうえん》しているのが伝わってくる。

(……そっか、そうだよな)

恋雪のためを思えば、これ以上ためこまないほうがいいのかもしれない。

大事なのは、それがどんな想いでも、春輝たちが受け止めることだ。

春輝も蒼太にならい、黙《だま》って恋雪を見つめた。

秋の虫たちが鳴くのを意識の外に聞いていると、ふいに空気が動いた。

恋雪は深呼吸し、どこかひとりごとのようにささやく。

「僕が想いを告げていれば、何かしら彼女の力になれたかもしれないし、背中を押せたかもしれません。でも、僕は別の未来も想像してしまった……」

誰かに告白されたとき、真っ先に湧《わ》く感情は純粋《じゅんすい》なうれしさだ。

続けて、想いに応《こた》えられるかを考えたりと、別の気持ちが生まれてくる。

(綾瀬だってわかってるみたいなのに、なんでなつきに何も言わなかったんだ?)

何度目かになる沈黙も、春輝はもう苦痛に感じなくなっていた。

恋雪が決心するのを、何も言わずに待ち続ける。

通りから子どもたちのはしゃぐ声が聞こえてきて、恋雪はふっと唇をほころばせた。

「彼女はやさしい人だから、僕の想いに応えられないことを悩《なや》んでしまうと思ったんです。断ったあとも、ずっと心に重石《おもし》のように残ってしまうんじゃないかって」

自分の気持ちが、好きな人の重荷になるかもしれない。
なぜなら、好きな人の好きな人が、自分ではないからだ。

これが数学の証明問題なら、誰《だれ》もがあっという間に解いてしまうだろう。
けれどこれは人間同士、気持ちを伴《ともな》う問題、恋愛《れんあい》だった。

(……綾瀬は……自分の恋が実らないと気づいたとき、どう思ったんだろうな)
よくない癖《くせ》だと思いながらも、春輝は想像するのを止められない。
これだけ相手のことを思いやれるのだから、繊細《せんさい》な心の持ち主なのは明らかだ。
そんな彼が、告白する機会もなく失恋《しつれん》した。

(繊細すぎるゆえに壊《こわ》れるとか、もう恋愛感情を捨てさるとか……)

映画の中だったら、めずらしくない選択《せんたく》だ。
だが恋雪は好きな人を決して傷つけないために、自分の気持ちを押し殺したのだ。
（……こういう恋も、あるんだな）
自分なら、どうするだろうか。
美桜には好きな人がいて、自分は海外へ留学することが決まっている。
答えはでないまま、春輝は暗くなった空を仰《あお》ぎ見た。
のぼりはじめた月は雲に隠《かく》れ、淡《あわ》い光は地上までは届かない——。

瀬戸《せと》口《ぐち》 雛《ひな》

誕生日／8月8日
しし座
血液型／A型

美桜たちの後輩。高一。
優の妹。いつも明るく、前向き。
恋雪のことが気になっているもよう。

chapter 5
～5章～

Hina Setoguchi

chapter 5 ～5章～

美術準備室が、紅茶色に染まっていく。
薄《うす》く開けた窓から冷たい風が吹《ふ》いてきて、美桜の前髪《まえがみ》をふわりと持ち上げた。
(下校時刻になるし、そろそろ荷物を片付けてこなきゃ……)
けれど考えとは裏腹に、なかなか椅子《いす》から立ち上がれない。
全身から力が抜《ぬ》けてしまったようで、美桜はため息を繰《く》り返すばかりだ。
窓の外の花壇《かだん》では、ゆらゆらとやさしい色が揺《ゆ》れていた。
赤、白、ピンク。
風に舞《ま》うコスモスを眺《なが》めていると、いつかの春輝の問いかけがよみがえってくる。
『なあ、恋《こい》って何色だと思う?』

夏休み前、映画研究部とのミーティングでの質問だ。

あのとき夏樹はピンクと答え、美桜はそれに黒と青を付け足した。苦かったり、切なかったりもするから、という理由だったけれど、まさにその通りだと痛感している。

そしてあかりの言葉も、ままならない想《おも》いを抱《かか》えるうちに、わかるようになっていた。

『私は……金色、かな。キラキラ光ってキレイだけど、放っておくと錆《さ》びちゃうでしょ？　光が強すぎると、まぶしくて見られないところも似てる気がする』

美桜はずっと、春輝への気持ちを抱えたまま、本人に伝えようとはしなかった。

はじめて好きな人ができたことにドキドキして、それだけでしあわせだったのだ。

彼氏彼女になったら何をしたいとか、どこへ行きたいとか、考えないわけではなかったけれど、どこかふわふわとして現実味がなかったように思える。

相手に自分の気持ちを伝えず、居心地の良い距離《きょり》を保ち、答えを引き延ばしてきた。

やがて気がついたときには、春輝との間に大きな壁《かべ》ができていた。

美桜は途方《とほう》に暮れて、沈《しず》みはじめた夕陽《ゆうひ》を見上げる。二年以上も大切に抱えていた想いが、手からあっけなく零《こぼ》れ落ちていくようだ。

(遅《おそ》かったんだ、全部……)

自分から会いに行こう。

そう決めて、映画研究部の部室に向かったのはちょうど一時間前のことだ。

けれど美桜は、部室のドアを開けることなく逃《に》げてしまった。

蒼太と春輝が話しているのが聞こえたからだ。

『僕、指定校推薦《すいせん》の枠《わく》をもらえたよ。春輝も、何か報告があるんじゃない?』

『悪い。ゲン担《かつ》ぎっていうか、正式に決まってから言おうと思ってたんだ』

『……そうなんだ。たしかにコンペって最後まで何があるかわからないし、みんなを巻きこんで一喜《いっき》一憂《いちゆう》するのは、春輝が一番きついと思う』

美術室に戻《もど》ってからも、二人の会話が何度も頭の中で繰り返される。

(あれって、春輝君がコンペに優勝したってこと……?)

正式に決まった、最後まで、といった言葉から考えて、ほぼ間違《まちが》いないだろう。

春輝の願いが叶《かな》ったのに、美桜は素直《すなお》によろこべずにいた。

なぜなら、美桜の記憶《きおく》が正しければ――。


(春輝君、アメリカに留学するんだ)


高校一年生の秋、春輝は優と蒼太と三人で映画研究同好会を立ち上げた。

その頃《ころ》からコンペに積極的に参加していて、いつかの帰り道で「優勝したら、副賞に留学がついてくるやつがあるんだよ!」と目を輝《かがや》かせていたのを思い出す。


そして、実際に叶えた。

春輝はさまざまなコンペにエントリーしていたが、この時期に結果がでるのは、副賞が留学のものだけだった。

(コンペの話を春輝君に聞いてから、ネットでもいろいろ調べたし、きっとそうだよね……)

コソコソせずに本人にたしかめればいいことなのに、美桜からは切り出せなかった。

はじめて留学を目指していると聞いたときも、ただ圧倒《あっとう》されるだけだった。

美桜の周りには、卒業後のことを春輝ほどハッキリと口にする人はいなかったし、国内どころか国外を視野に入れていて、別次元の人なのだと思ったくらいだ。

(本当は私、その頃から気づいてたのかなあ)

目標を掲《かか》げ、道を切り開いていく春輝と、目の前のことだけで必死の自分。

その差は大きく、いつか道がはっきりと分かれてしまうと。

(……それにこんなこと言ってても、春輝君が好きだったのは……)

立ち聞きしてしまった春輝と蒼太の会話は、進路の話だけでは終わらなかった。

それは、美桜が知りたくてたまらなかった真実だった。

『そこまでわかってるなら単刀直入に言うけど、春輝はなつきをどうするの？』

『……驚《おどろ》いた。もちたまで、優みたいなこと言うんだな』

『告白してるとこ、見ちゃったんだ。あれは、何？』

蒼太の問いかけに、春輝はなんと答えたのだろうか。

ずっと気になっていた答えがあったはずなのに、いざ突《つ》きつけられる瞬間《しゅんかん》になって怖《こわ》くなってしまい、美桜は逃げるように立ち去った。

（春輝君、告白したんだ……）


「ゆきちゃーん！　一緒《いっしょ》に帰ろ？」

「ねえ、無視しないでよー」


中庭から、女子たちの騒《さわ》がしい声が聞こえてきた。

美桜が何気なく窓の外を見ると、一人の男子が女子生徒たちに囲まれているところだった。

中央にいる男子はジャージを着ていて、手には軍手をはめている。服装といい、進行方向といい、花壇に向かうところだろうか。

そんな彼の行く手を阻《はば》むように、制服姿の女の子たちが輪をつくっている。

（ゆきちゃんって、綾瀬君だよね……？）

本人は不本意のようだが、恋雪をそう呼ぶ生徒は少なくない。

ああやって追いかける彼女たちも同じだ。

(綾瀬君、相変わらず大変そうだなあ)

取り囲んでいるのは、五、六人。さらに校舎のほうから走ってくる人影《ひとかげ》が見え、美桜は思わずため息をつく。

何ができるわけではないが、心配になって事態を見守ってしまう。

ところが、走り寄ってきた人物は、輪には加わらなかった。

微妙《びみょう》な距離を取りながら、恋雪と女子たちにじっと視線を送っている。美桜の位置からはぼんやりとだが、彼女がにらんでいるように映った。

(……あの子も園芸部なのかな?)

追っかけの女子たちの輪が道を塞《ふさ》いでしまい、彼女も動けずにいるのだろうか。

道の幅《はば》には余裕《よゆう》があるから、すれ違《ちが》うこともできるはずだ。

(でも綾瀬君とは違って制服を着てるし、違うのかも……)

あとから来た少女はジャージを着ておらず、ゆるい二つ結びの髪《かみ》を風に揺《ゆ》らしている。

園芸部ではないのなら、恋雪とはどんな関係なのだろう。

ちらりと恋雪の様子をうかがうと、少女に気づいたのか「あっ」と唇《くちびる》が動いた。

どうやら知り合いらしい。

恋雪は彼女に手をふるわけでも、声をかけるわけでもなかったけれど、にっこりと笑いかけた。自分を追いかけ、取り囲む女子たちには決して見せないだろう顔で。

対する少女のほうは、あからさまに顔をそむけてしまった。

（えっ？　ええ？）

混乱する美桜とは違い、恋雪はどこか慣れた様子だった。

苦笑《くしよう》しながら肩《かた》をすくめ、切り替《か》えるようにキリッとした表情を浮《う》かべる。

そして周りの女子たちに何事か話しかけると、渋々《しぶしぶ》といった様子で輪が散り散りになり、ようやく花壇《かだん》へと歩き出した。

（あの子は綾瀬君のことが嫌《きら》いだから、ああやってにらんでたってこと……？　でも、それなら綾瀬君は笑いかけたりしないよね）

恋雪の性格を考えれば、追っかけの子たちに代わって頭を下げるだろう。

だがさっきは、少女に笑いかけていた。

気になってもう一度少女を見やると、彼女の視線は恋雪の背中を追いかけていた。

その切なそうな瞳《ひとみ》に、美桜は思い違いをしていたことに気づく。

（あっ！　綾瀬君のことが嫌いなんじゃなくて、好きなんだ……）


にらんでいたのは、恋雪のことではなく取り巻きの女子たちのほう。

恋雪に笑いかけられて顔をそらしたのは、はずかしかったから。

でもやっぱり気になって、好きな人の背中を目で追いかけてしまう。


少女は花壇で作業をはじめた恋雪を見て、肩を落としている。

声をかけられなかった、笑い返せなかった自分を責めているのだろうか。

だが彼女は、あきらめる気はないようだった。

パンッと小気味いい音を立て、気合いを入れるように自分の頬《ほお》を叩《たた》くと、恋雪の背中に向かって手を伸《の》ばしたのだ。

本人に伝わるわけがないし、そんなことをしたって意味はない。

少女もわかっていて、それでも自分に宣言するためにやったのだろう。

「そっか、そうだよね……。簡単にあきらめられないよね」

こぼれた言葉は、じわじわと美桜の胸にしみていく。

あきらめられるくらいなら、この苦しくてつらい想《おも》いをとっくに手放しているだろう。

いまだって、春輝のことを考えるだけで胸がしめつけられる。

この痛みをなかったことにはできない。


（私の想いは、私が大事にしてあげなきゃ）

美桜は少女がやったように両手でぺちっと頬を叩き、心の中でつぶやいた。


コスモスは風に揺れても折れることなく、美しい花を咲《さ》かせている。

赤、白、ピンク、それぞれの色で。

冬の足音が聞こえてくる十月の終わり、美術準備室は異様な熱気に包まれていた。

目の下にクマをつくった夏樹を筆頭に、美桜とあかりもそれぞれ必死に手を動かしている。

手元にあるのは、夏樹が描《か》いている漫画《まんが》の原稿《げんこう》だ。


『私ね、漫画を一本仕上げてみることにしたんだ』


コンクール結果の発表後、夏樹はどこか吹《ふ》っ切れた様子で宣言した。

はじめは何かの賞に応募《おうぼ》するためだと思い、美桜もあかりも「応援《おうえん》するよ」と盛り上がったのだが、理由はもっと別のところにあった。

優に告白するために、自信をつけたいからだという。


『なんでもいいから自信をつけたいって思ってたけど、本当は【なんでもいい】わけじゃなかったんだよね。本当にやりたいことを、納得《なっとく》いくまでやらなきゃ意味がないんだなって』

そう告げた夏樹は、これまで以上に輝《かがや》いて見えた。

告白の手前で足踏《あしぶ》みしている美桜とは違い、果敢《かかん》に前へ前へと進んでいるからだろう。

少し前までは塞ぎこんでいる姿も見かけたけれど、いまの夏樹は顔を上げ、強い光を宿した瞳でまっすぐに未来をとらえていた。


（……あ、そろそろ休憩《きゅうけい》をとらないとダメかな）

消しゴムをにぎる手に力が入らなくなるのを感じ、美桜は原稿《げんこう》用紙から顔を上げた。

壁《かべ》時計を見ると、前回休憩をとってから一時間半が経《た》っていた。


「なっちゃん、そろそろ休憩にしよう？」

「……え？　あっ、うん！　もうそんなに経ってたんだ」

よほど集中していたらしく、夏樹の反応は鈍《にぶ》かった。

その隣《となり》では、輪をかけて集中しているあかりが、まだ原稿とにらめっこしている。

「あかりー、一旦《いったん》休憩《きゅうけい》入れるよー」

夏樹に肩を揺すられ、あかりはようやく顔を上げた。

だが視線があわず、どこかぼうっとした様子でつぶやく。

「……なっちゃんなら、遊園地？　それとも水族館？」

「へっ？」

突然《とつぜん》の問いかけに目を丸くする夏樹とは対照的に、美桜は「ああ」とうなずく。

さっき消しゴムをかけた原稿に、そんなシーンがあったからだ。

「主人公たち、どっちに行くか迷ってるからじゃないかな」

美桜のフォローに、夏樹も納得がいったらしい。「自分の漫画の話をするとか、なんだか照れるね」とはにかみながら、描きかけのページを持ち上げた。

「そうだなあ、私だったら……どっちも行かない、かも？」

夏樹の答えに、今度はあかりと美桜が驚《おどろ》く番だった。

「な、なんで!?　恋人《こいびと》同士になったら、デートに行くよね？　ねっ？」

あかりに同意を求められ、美桜も大きくうなずく。

「せっかく恋人同士になれたなら、あちこち行ってみたいなあって思うかな。なっちゃん、遊園地も水族館も嫌いだったっけ？」

「嫌いじゃないよ。そういうんじゃなくてね、私と優だし、いまさらっていうか……」

「いまさらって……。恋人同士なんだよ？」

なおも食い下がるあかりに、夏樹は腕《うで》を組み「うーん」とうなりだす。

夏樹も照れているのだろうが、ウソをついているようには見えない。

だったらなぜ、いまさらなどと言うのだろう。

美桜は混乱しながら、じっと夏樹からの答えを待った。

「……告白して、恋人同士になれたとしても、私と優が幼なじみだったことは変わらないからかな。関係が変わるっていうより、増えるだけっていうか……」

予想外の答えに、美桜は目を見開いた。

言われてみればその通りで、夏樹と優が幼なじみであることは一生変わらない。

二人がつきあうことになっても、夏樹とあかりと美桜の友情が変わるわけではない。

関係が塗《ぬ》り替《か》えられるのではなく、新しく増えるのだ。

「つきあうことがゴールじゃなくて、その先も毎日が続いていくんだよね」

確信めいた夏樹の声に、あかりも美桜も自然とうなずいていた。

(なっちゃん、変わったなあ……)

これまで以上にまぶしく見えて、美桜はそっと目を伏《ふ》せる。


美桜にとって夏樹は、出会ったときから憧《あこが》れの存在だった。

人見知りな美桜に声をかけてくれたのも、美術部に誘《さそ》ってくれたのも夏樹だ。

明るくて、やさしくて、自分の意見がしっかり言えて……。同じ部活に入り、一気に距離《きより》が縮まってからは、毎日のように新しい発見があった。


そんな彼女が幼なじみに恋《こい》をしていると知ったとき、美桜は心の底から応援した。

一方で、自分なんかが応援しなくたって、夏樹なら絶対に上手《うま》くいくと思っていた。告白して、恋人同士になって、憧れの高校生活を送るのだろうと。

(私、なっちゃんのこと、スーパーマンみたいに思ってたのかも……)

夏樹はいつだって美桜のヒーローだけれど、恋の前では一人の女の子だった。
美桜の知らないところで、泣いたこともあっただろう。
（でもなっちゃんは、いつだってあきらめないんだよね）

幼なじみと、恋人。
告白すれば、これまでの居心地《いごこち》のいい関係が崩《くず》れてしまうかもしれないと知りながら、夏樹はどちらか一方をあきらめるのではなく、両方手に入れられる道を選ぼうとしている。

どんなにいい作品が仕上がっても、恋が実るわけではない。
そのことは夏樹もよくわかっているはずだ。
けれど自分に自信をつけるために、ひたすら描き続けている。

（告白って、本当に勇気がいるもんね）
そして何より、成功するか、しないかにとらわれることのない強い意志が必要だった。
夏樹が努力の末に手にした強さ。まだ美桜には手に入れられていないものだ。

（……私にも、できるかな）

自分に問いかけ、美桜はゆるゆると首を横にふる。

（できるかな、じゃダメだよね。やろう、やりたいんだ……！）

その日の帰り道、美桜は画材屋で、赤い表紙のクロッキー帳を手にとった。

今日からここに一枚一枚、大切な時間を切り、収めていくのだ。

春輝が旅立つ、その日まで。

榎《えの》本《もと》夏《なつ》樹《き》

誕生日／6月27日
かに座
血液型／O型

美桜の親友。美術部所属。
運動とマンガが大好き。
幼なじみの優に片思い
していて、恋雪とは……!?

chapter 6
～6章～

瀬《せ》戸《と》口《ぐち》 優《ゆう》

誕生日／7月11日
かに座
血液型／AB型

映画研究部所属。春輝、夏樹、
蒼太とは幼なじみ。
やさしい性格の人気者で、夏樹を好き。

chapter 6 ～6章～

ついに、やっと、ようやく。

そんな言葉がいくつも並ぶ中、優と夏樹の関係に彼氏彼女が加わった。

報告に来た優を、春輝と蒼太は散々からかったり、祝ったりしたのだが、肝心《かんじん》の本人たちはいたってこれまで通りだった。

春輝たちはそんなものかと受け止めていたが、美桜とあかりは違《ちが》ったらしい。

昼休みになると、いつも通り女子と男子に分かれて食べようとする優と夏樹に、二人きりで食事をとるよう強く勧《すす》めたのだ。

優は素直《すなお》にうなずくことはせず、言い訳を試みた。

『心配かけたみたいだけど、俺たちは大丈夫《だいじょうぶ》だから。なんていうか、その……彼氏彼女的なアレにはなったけど、それ以前からずっと幼なじみだったわけだし、急には変われないっていうか、この距離感《きょりかん》がちょうどいいっていうか……』

モゴモゴと言い募《つの》る優を、普段《ふだん》はおっとりしているあかりが問い詰《つ》めた。

『瀬戸口君！　そのこと、なっちゃんとは話し合ったんですか？』


そこからは、あかりと美桜のペースだった。

女子二人から正論で詰め寄られ、さすがの優もおとなしく従うことになった。

もっとも春輝に言わせれば、優は照れていただけで、本音では夏樹と二人きりになりたかったはずだ。だからあかりと美桜の発言は、渡《わた》りに船だっただろう。

同じことを思ったのか、蒼太も笑いながら夏樹と優を見送っている。

あかりと美桜は、親友の夏樹がやっと恋人《こいびと》同士になった優と手をつなぐ姿に、感動しているようだった。

その横顔を見ながら、春輝は思わず声をかけていた。

「今日はこの四人で昼飯食わないか？」

「……え？　四人って……」

ふりかえったあかりの顔には、はっきりと戸惑《とまど》いが浮《う》かんでいた。

春輝は引っかかりを覚えながらも、順番に指をさしていく。

「早坂、美桜、もちた、俺」

最後にニッと笑うと、あかりはパッと顔をそらした。

「それは、どうかな……」

「なんで？　都合悪い？」

尋《たず》ねる間にも、あかりが口ごもる理由がわかってしまった。壁《かべ》の時計を見るふりをしながら、それとなく美桜の様子をたしかめていたからだ。

（ま、そうくるよな）

春輝にとっても、このタイミングで美桜を誘《さそ》うのは賭《か》けだった。

だが、卒業までに残された時間は少ない。どの口が言うんだと思いながらも、とっさに声に出してしまっていた。

「自分だけ急に、ふっきれたみたいに……」

蒼太のつぶやきに、春輝はぴくりと肩《かた》を揺《ゆ》らした。

小さな声だったことを考えると、蒼太も他人《ひと》に聞かせる気はなかったのだろう。返事をするかどうか迷っていると、蒼太が肩に手を回してきた。

「残念だけど春輝、僕らには映画の編集作業が残ってるよ。優を快く送り出した以上、責任を持って進めておかないとね？」

「うっ……。いやでも、昼休みくらい……」

「くらいー？　いまこの時間にも、作業が進められるんだよ？　昼休みを笑うものは、昼休みに泣く！　貴重な時間だからね、無駄《むだ》なく有効利用しよう」

（笑ってはいるけど、これガチトーンだわ）

幼なじみの静かな決意を感じ取り、春輝はそのまま引っ張られていくことにした。

残された美桜とあかりは、どんな顔をしているだろうか。

気になったが、美桜に視線をそらされるのが怖《こわ》くて、ふりかえることはできなかった。

夏樹たちを見送ったあかりと美桜は、その足で美術室へと向かった。

お弁当を食べ終えると、二人で長机にキャンバスを並べていく。

展示会や他校に貸し出されていたものが、一気に返却《へんきゃく》されたのだ。リストと照らし合わせた後、保管場所などを学校側と相談しなければならなかった。

あかりも美桜も作品の数は両手では足りないから、少しずつ進めていくしかない。


（こうして並べてみると、なんだか圧倒《あっとう》されちゃうなあ……）

三分の一は自分の手によるものだが、何しろ高校生活三年分の作品だ。

膨大《ぼうだい》な熱量がそこにあり、美桜は当てられたように息をつく。


「わっ、懐《なつ》かしい！」

ふいに弾《はず》んだ声が聞こえ、美桜はリストから顔を上げた。

あかりの視線の先には、まぶしいほどの向日葵《ひまわり》畑が広がっている。夏休み前に返ってきた『いつかの桜』と共に、春夏秋冬を描《か》いた四部作の中の一枚だ。

「たしかそれ、一年生のときに描いたやつだよね」

「そうなの。春の桜に夏の向日葵、秋の銀杏《いちょう》に冬の山茶花《さざんか》……」

言いながら、あかりの目が細められる。

目の前のキャンバス越《ご》しに、当時の風景を見ているのだろうか。


(気持ちわかるなあ。そのときの思い出も一緒《いっしょ》に、絵に閉じこめてるんだよね)

美桜の作品は教科書的といわれ、あかりのように才能にあふれた絵を描くことはできなかったけれど、キャンバスに向かうときの気持ちは同じはずだ。

一枚の絵を仕上げるには時間がかかるし、強い意志が必要になってくる。

筆を動かすたび、そこにはさまざまな想《おも》いが乗っているのだ。


「……そういえば、映画用の絵にも桜が描かれてたよね」

美桜の言葉に、あかりは弾《はじ》かれたようにふりかえった。

「そうなの！　持ってくるから、美桜ちゃんも見てくれる？」

「えっ？　もう映画研究部に渡しに行ったんじゃ……」

映画で初披露《ひろう》したいという春輝たちの希望があり、美桜も夏樹も作品を見たことはなかった
が、あかりの話では十月に入る前に完成していた。

首を傾《かし》げる美桜に、あかりはニコニコと笑う。

「うん。一度は届けたんだけどね、何か足りないって思って持って帰ってきたの」

美桜が止めるまもなく、あかりはそのまま準備室へと走っていった。

（あかりちゃん、春輝君たちに言われたこと忘れちゃったのかな？）

そわそわと指を遊ばせていた美桜は、ある可能性に気づき、ぴたりと動きを止めた。

あかりは『不思議ちゃん』と呼ばれることがあり、どこかつかみどころがない。

けれど、約束を一方的に破ることなどしない子だ。

「お待たせ！　これなんだけど、どうかな？」

あかりは抱《かか》えてきたキャンバスを、そばにあったイーゼルに立てかけた。

美桜は緊張《きんちょう》しながら、恐《おそ》る恐《おそ》る近づいていく。

「わっ……」

絵を見た瞬間《しゅんかん》、ため息がもれた。

あかりが緻密《ちみつ》な筆致《ひっち》で描いた世界では、桜丘高校の美術室に似た場所で、学ランを着た男子生徒が窓の外の満開の桜を眺《なが》めている。

その横顔が切なそうで、美桜はぎゅっと胸をしめつけられるような感覚を覚えた。


「この絵を描いたのは、映画のヒロインっていう設定なんだ」

あかりは美桜の横に寄り添《そ》い、どこかひとりごとのようにささやいた。

「……その子は、この人が好きなんだね」

口にした途端《とたん》、美桜の瞳《ひとみ》からどっと涙《なみだ》がこぼれた。

ずっとためこんでいたのか、頬《ほお》を伝い、セーターにシミをつくっていく。


（ああ、やっぱりもう……）

ここ数日、必死に目をそらしてきた薄暗《うすぐら》い感情が、堰《せき》を切ったようにあふれ出した。

あかりの想いがこめられた絵を前に、もう嘘《うそ》はつけなかった。

ぼう然としているあかりに、美桜は「いきなり、ごめんね」とつぶやく。

あかりは首を横にふり、心配そうに瞳を揺らしている。

（……本当のこと、言ってもいいのかな）

きっとあかりには、迷惑《めいわく》にしかならない。それがわかっているのに、わざわざ重荷を背負わせるようなことはしたくなかった。

だがあかりは一歩も動かず、じっとこちらを見つめている。

（あかりちゃん、ごめん……）

もう一度心の中でつぶやき、美桜は涙まじりの声で言う。

「なっちゃんが瀬戸口君とつきあうって聞いたとき、私すごくうれしかったんだ。よかったねって、純粋《じゅんすい》にそう思ってた……」

でも、と美桜は唇《くちびる》をかみしめた。

口《くち》の端《はし》から血がでそうになるほど力が入り、慌《あわ》ててあかりが止めに入る。

「美桜ちゃん、どうしたの？」

遠慮《えんりょ》がちなあかりの声が、やさしく鼓膜《こまく》を揺《ゆ》らす。

美桜はゆっくりと息を吸いこみ、心の奥底の、真っ黒いものを吐《は》き出した。

「……私ね、ズルイんだ。たしかに最初はなっちゃんの想いが通じたことをよろこんでたはずなのに、春輝君が……春輝君の恋《こい》が叶《かな》わないってことまで、うれしいって……」

突然《とつぜん》、美桜の言葉をさえぎるように、あかりの腕《うで》が伸《の》びてきた。

ぎゅっと抱《だ》きしめられ、何も言わずに背中を撫《な》でられる。

温かい手と規則正しいリズムにうながされるように、美桜はそっと目を伏《ふ》せ、あかりの肩《かた》へと額を押し付けた。

（ありがとう、あかりちゃん……）

涙と一緒に、ためこんでいた暗く濁《にご》った想いが流れていくのがわかる。

すべて流れたなら、きっとまた顔を上げて、夏樹や春輝にも笑えるはずだ。

作り笑いではなく、本当の笑顔《えがお》で。

駅から学校までの坂道は、地元で有名な銀杏並木《いちょうなみき》だ。

今年は例年よりも早く黄色に染まりはじめ、散歩する人たちが足を止めている。

春輝と優も、カメラを手にのんびりと歩いていた。

「撮《と》るとしたら、この辺りだな。もちたが来るの待って、撮影《さつえい》すっか」

蒼太は進路指導室に呼び出されているため、まだ時間がかかるはずだ。

その間に撮影の準備を済ませておこうと、春輝は三脚《さんきゃく》のセッティングに取りかかる。

すると、背後から優の盛大なため息が聞こえてきた。

「はあ……。マジで撮るのかよ」

「あたりまえだろ？　ナレーションで時間経過を表すとか、絶対やんねーぞ」

「いや、それはわかるけど。ここでまたラストシーンを変えるっていうのがなあ……」

映画の制作スケジュールを管理している優は、いつになく渋《しぶ》い顔になる。

それもそのはずだ。すでに何度もシーンの追加や脚本《きゃくほん》の変更《へんこう》をしているので、編集作業にかなり時間がかかる。職員会議に提出する期日から逆算すると、いい顔はできないだろう。

「けどさ、こうやって三人で撮る機会なんて、この先何度もあるわけじゃないだろ？　下手《へた》したら最初で最後かもしれないし、俺は悔《く》いなくやりたい」

おまえは？　そう思わねえの？

言葉にはせず、春輝はじっと優を見つめる。

優はさらに顔をしかめ、雲一つない空を仰《あお》いだ。


「……それ言うの、卑怯《ひきょう》だろ」

つぶやくと、優はコートのポケットからメモ帳を取り出した。

相変わらず眉間《みけん》にはしわが寄っているが、編集するときの記録用に、時間と場所を走り書きする姿に、遠回しに賛成してもらえたのだとわかる。

春輝はニッと歯を見せ、「そういえばさ」と切り出した。


「まだ言ってなかったよな」

「おいおい、まだなんかあるのかよ」

メモ帳から顔を上げ、信じられないという顔をした優に、春輝は笑いながら首をふる。

「や、俺のことじゃなくて」

「……何」

「おめでとう。やっとくっついたな」

「やっ、くっ、ごほ……！」

スイッチが入ったように優は一瞬《いっしゅん》で赤くなり、派手に咳《せき》こんだ。

やっとくっついた、に反論したかったのだろうが、言葉になっていない。

めずらしく動揺《どうよう》する幼なじみをニヤニヤと眺《なが》めていると、思いきり顔をそらされた。


「ドウモ、オサワガセシマシタ」

「なんで片言!? 照れすぎだろ、おまえ」

「うるさいなあ。おまえこそ、後悔《こうかい》だけはするなよ」

「……ははっ、実感こもってんなー」


のみこみきれない、ざらりとした苦い感情を味わいながら、春輝は力なく笑う。

(それ、この間も聞いたって)

コンペで最優秀賞《さいゆうしゅう》を獲《と》ったことを報告したのは、優と夏樹がつきあう直前のことだ。

『優はさ、本当になつきのことが好きなんだろ？ なら、自信持っていけよ』

笑って背中を押した春輝を、優はまっすぐに見つめ返して言った。

『……おまえも、後悔だけはするなよ』


あのときも、そしていまも。

春輝は曖昧に笑い返すことしかできない。

美桜に告白してもしなくても、後悔するのがわかっているからだ。

想《おも》いを告げないまま留学すれば、なぜ伝えなかったのだろうと悔やむだろう。

だが告白したところで、この先、美桜のそばにはいられない。

（ぶっちゃけ、いつ帰ってくるかわからないしな……）

自分の性格からして、チャンスを前にしたら、それをものにするまで決して日本には戻《もど》らない。融通《ゆうずう》が利《き》かない性格なのは、自分でよくわかっていた。

（けど優も、そんなことわかって言ってるんだろうし……）

幼なじみの前では、隠《かく》しごとをしても意味がない。優には、春輝が美桜に告白しないまま留学しようとしていることは、お見通しなのだろう。

その上で「後悔だけはするなよ」と言っているのだ。

(優の奴《やつ》、なつきに告白してから変わったよな)

もともと視野が広くて、気配りも細やかなタイプだ。司会進行役や調整役のポジションに就《つ》くことが多く、あまり自分の意見を強く主張することはなかった。

それが最近では、こうしてはっきりと相手に自分の考えを伝えるようになってきている。

(もちたも、やりたいことが見つかったって言ってたしなあ……)


「あっ、いたいたー!」

顔を思い浮《う》かべた途端《とたん》、本人がぶんぶんと手をふりながら坂を下ってくる。

三脚とカメラを見ると、「うわあ!?」と悲鳴をあげて指さした。

「ホントにまたシーンを追加するの? 大丈夫《だいじょうぶ》? 大丈夫じゃないよね!?」

「「もちた、うるさい」」

思わず声をそろえた春輝と優に、蒼太は信じられないと頭を抱《かか》えた。

「なんなの、優。春輝に買収でもされちゃったの？」

蒼太の悲痛な問いかけに、春輝と優は顔を見あわせる。

「……俺、おまえのこと買収したっけ？」

「おー、ラーメン一杯《ぱい》でな」

「マジか」

初耳だとぼやく春輝に、蒼太が無邪気《むじゃき》にとどめの一言を放った。

「春輝、僕はチャーハンでいいよ」

「はああ!?　シーン追加は別料金ってか？」

たまらず叫《さけ》ぶと、優と蒼太は腕《うで》を組み、神妙《しんみょう》な顔でうなずきあう。

「いくら監督《かんとく》だからって、ゴリ押しはちょっとな」

「そうそう！　だいたいさ、なんでまた追加しようと思ったわけ？」

軽いノリではあったが、蒼太も優も真剣《しんけん》なまなざしを向けてきた。

ここは冗談《じょうだん》で誤魔化《ごまか》していい場面ではないと、春輝も腹をくくる。

「早坂の絵を見たら、ラスト変えなきゃマズイって思ったんだよ」

「それは、わかるけど……このタイミングじゃ、やっぱり危険だと思う」

蒼太は口ごもりながらも、キッパリと言い切った。

優は黙《だま》って見守っているが、蒼太の言葉に小さくうなずいている。


(……二人とも、面倒《めんどう》くさいから反対してるわけじゃないんだよな)

編集作業の終盤《しゅうばん》で、シーンを追加したり、ラストを変えたりするのはたしかに危険だ。一部だろうと手を加えれば、作品全体に影響《えいきょう》を与《あた》える。何かを見落として、つじつまの合わない部分が出てきたら、物語が破たんしてしまうからだ。


春輝もよくわかっていたが、あきらめるつもりはなかった。

なんとかなるなら、ギリギリまでがんばりたい。

そう思わせる力が、あかりの絵にはあった。


「スケジュールに余裕《よゆう》ないし、ただでさえミスしやすい状況《じょうきょう》だし？　それはわかってるんだけどさ、あの絵を見たら、観客は結末に違和感《いわかん》を覚えると思うんだよ」

凛《りん》とした、そして熱のこもった春輝の声に、優と蒼太が息をのむのが聞こえた。

きっと二人の脳裏《のうり》にも、あかりの絵が浮かんでいるに違《ちが》いない。

男子生徒が窓の外の満開の桜を眺めている、静かで切ないあの光景が。


映画は、女子高生の淡《あわ》い恋《こい》の物語だ。

主人公である高校一年生の女子生徒は、同じ美術部に所属する三年生に恋をした。

相手は数々の受賞歴を誇《ほこ》る部長で、絵をこよなく愛している。そんな彼に少しでもふりむいてもらえたらと、主人公はいままで以上に一生懸命《いっしょうけんめい》に絵を描《か》くようになった。

ところが、思うように筆は進まなくなる。

中学では賞の常連だった彼女は落選続きになり、次第《しだい》にキャンバスから遠ざかった。


気まずいまま時間だけが過ぎ、ある日、先輩《せんぱい》が卒業後に留学することを知る。

このまま想いを告げられず、一生会えなくなってしまうのだろうか。

そんなのは嫌《いや》だと、主人公は再び筆をとる。

やがて一枚の絵を描き上げ、卒業式の前日に先輩を部室に呼び出すのだった。

「最初の予定だと、いわゆる『両片想《かたおも》い』で終わらせるはずだったよね。主人公が告白するけど、先輩は彼女のことを思って、告白を受け入れないっていう……」

「……たしかにあの絵じゃ、違和感を覚えるかもな」

ためらいがちながら、蒼太と優も同意してくれる。

二人の空気が変わったのを感じ、春輝はふっと息をつく。


（残る問題は、俺なんだよな……）

映画の内容といまの春輝の状況が微妙《びみょう》にかぶっていて、なんともいえない気分にさせられていた。そのことに二人も気づいていて、だからこそ言いにくそうにしていたのだろう。

もっとも脚本《きゃくほん》担当の蒼太は狙《ねら》っていたわけではない。そもそも脚本の構想を練りはじめたのは高二の冬だと聞いている。こうなることを予測できたはずはないし、すべて偶然《ぐうぜん》だった。


（……ここで監督の俺が迷ってたら、こいつらだって先に進めない）

春輝は肺に残っていた濁《にご》った空気を吐《は》き出し、すっと顔を上げた。

「あの絵を見たら、相手だって主人公の気持ちに気づくだろ？　そしたら主人公から告白するんじゃなくて、最後は先輩のほうから言わせたほうが自然だよな」

蒼太も一度はうなずいたが、「でもさ」と切り出した。
「変更《へんこう》する前の脚本も説得力あると思うんだよね。この先、そばにいられないからって、主人公の告白を受け入れなかった彼の気持ちもわかるし。そこはどうするの？」

いま質問されているのは映画の内容についてだ。
自分の気持ちではないのだし、混ぜて考えてはならない。
頭ではわかっているのに、どうしても春輝の鼓動《こどう》は速くなる。

いつ帰ってくるかもわからないのに、待っていてほしいと言うつもりなのか？
自分の夢を叶《かな》えるために留学するくせに、相手の時間を奪《うば》い続ける気なのか？

これまでに繰《く》り返してきた問いが、春輝の中を駆《か》け巡《めぐ》る。
答えはいつも同じだった。
相手のためを思うなら何も告げない、だ。

「相手のためって言いながら、本当はいつか彼女が離《はな》れていくのが怖《こわ》いだけだ」

いまのは、誰《だれ》の声だったのか。

春輝がぼう然と二人を見ると、驚《おどろ》いた表情を浮《う》かべていた。

（……ああ、うん、俺が言ったんだよな）

遅《おく》れて実感がわいてきたが、どういうつもりで言ったのかはまるでわからなかった。

監督としてか、一般《いっぱん》論としてか、それとも自分の本心か。

（なんにしても、映画と現実は別ものだ）

同じ答えを導き出す必要もなければ、描く理由もなかった。

現実の自分ができないことを、映画の中の登場人物がやってのけていいのだ。

「上手《うま》いこと自分の気持ちを抑《おさ》えこんでも、なくなったことにはならないだろ？　だからラストで主人公の絵を見た先輩が、リミッター外れて告白するのは自然な流れなんじゃないか」

自分に言い聞かせるように言う。

蒼太はハッと息をのみ、代わりに沈黙《ちんもく》を貫《つらぬ》いていた優がゆっくりと口を開いた。

「……たとえ未来の約束はできなくても？」

「明日《あした》のことは明日考えればいいって、開き直ったんじゃね？」

二人は何か言いたそうにしていたが、顔を見あわせると、ふいに笑い出した。

「開き直りって、春輝の得意技《わざ》じゃん」

「あれこれ考えたけど、結局そこに落ちつくんだな」

「……上手いことできてるよなあ」

春輝も笑いながら答えると、嘘《うそ》のように身体《からだ》が軽くなっていくのがわかった。

状況は何も変わっていない。それでも二人に本音を聞いてもらっただけで、見失いかけていた自分を取り戻《もど》せたような気がした。

（……なんて、こいつらには絶対言わないけどな）

春輝はニッと口角を上げ、セッティング途中《とちゅう》のカメラに走り寄る。

「それじゃ、追加撮影《さつえい》はじめるぞー！」

吹っ切れた春輝の声が、坂道にこだまする。

夏を越《こ》え、ゆっくりと色づきはじめた銀杏並木《いちょうなみき》が、爽《さわ》やかな風に揺《ゆ》れた。


ラストシーンの追加撮影も順調に終わった頃《ころ》、春輝は進路指導室に呼び出されていた。

てっきり留学の書類に不備があったのかと思ったが、思わぬ依頼《いらい》をされた。桜丘高校の受験生たちに配るパンフレットのインタビューに答えてほしいというのだ。

『うちは勉強だけじゃなくて、部活動や芸術活動も活発ですよーってアピールしろって、上からお達しがきたのね。そしたら、おまえが選ばれちゃったというわけです』

明智はそんな風に言っていたが、面白《おもしろ》半分に推薦《すいせん》した気がしないでもない。

第一、映画は好きで続けてきただけだ。受験生たちに、それも学校をアピールできるようなエピソードなんて、まるで思いつかなかった。

（まあ俺以外にもう一人いるって言ってたから、そいつに任せればいっか）

おとなしく椅子《いす》に座っているのにも飽《あ》き、春輝は窓側へと歩いていく。

ぼうっと校庭を眺《なが》めていると、しばらくしてドアが開かれた。


「し、失礼します」

「よお。もう一人って、早坂だったんだな」

「……芹沢君……」

春輝が軽く手を上げると、あかりは気まずそうに視線をそらした。

（あー、これは……。やっぱこの間のアレって、スルーされたのか？）

数日前、廊下《ろうか》であかりを見かけたとき、春輝はいまのように軽く手を上げ、声をかけた。

ところがあかりはこちらに気づくことなく、そのまますれ違《ちが》ってしまったのだ。

春輝もとくに用があったわけでもなかったから、改めて呼び止めたりしなかった。

（てっきり、聞こえなかったんだろうと思ってたけど……）

今日の反応からすると、意図的に避《さ》けられたのかもしれない。

（そういや、昼飯に誘《さそ》ったときも変だったよな……）

あのときは、美桜とのことがあったからだろう。

とはいえ、あかりがどこまで知っているかわからない以上、うかつなことは言えなかった。

考え過ぎても仕方がないと、春輝は窓から離れ、部屋の中央にある長机へと戻っていく。

「先生たち遅れるって言ってたから、座って待ってようぜ」

「は、はい」

あかりはどこに座るか悩《なや》んだようだったが、結局、春輝の正面の椅子を選んだ。

春輝は首の後ろで手を組み、椅子の背もたれに体重を預ける。

「パンフレットに顔写真載《の》せるとか、なしだよなあ」

「……写真は小さいって言ってたし、私はインタビューのほうが気が重いです」

少し戸惑《とまど》いが感じられたが、あかりからはいつもと変わらない調子で返事があった。

春輝は内心ほっとしながら、思いきり顔をしかめる。

「ああ、そっちもあったな」

「……ふふっ」

露骨《ろこつ》に嫌《いや》がったことを子どもっぽいと思われたのか、あかりはつられたように苦笑《くしょう》した。

部屋に入るなり気まずそうにしていたのも、春輝の問いかけに反応が鈍《にぶ》かったのも、緊張《きんちょう》していたせいなのかもしれない。

（なんだ、そうだったのか……）

そうとわかれば、話は早い。

春輝は机に頬杖《ほおづえ》をつき、テキトーに聞こえるように言う。

「ま、そんな難しく考えることはないんだろうけどな。入試のアドバイスをしろってわけじゃなし。楽しい高校生活を送ってるって見せて、受験生のモチベーションを上げますか」

あかりから返事はなかったが、小さくうなずくのが見えた。

（あ、あれ？　なんだ、やっぱ俺自身が嫌だとか……？）

夏樹や美桜とは違い、ほとんど一対一で話したことがないので、態度から感情を読み取ろうとしても、なかなか上手くいかない。

かといって気にし過ぎても、近づくことはできないだろう。

春輝はあっさりと話題を切り替《か》えることにして、まっすぐにあかりを見つめた。

「なあ、早坂。あの絵、ありがとな」

「……え？」

「ほら、桜の絵だよ。映画用に描《か》いてくれたやつ」

付け加えると、あかりにも伝わったらしく「ああ」とつぶやきがもれた。

それを確認《かくにん》して、春輝はさらに続ける。

「早坂の絵を見て、ラストを変えたんだ。最初の予定だと、両片想《かたおも》いっていうんだっけ？　主人公も先輩《せんぱい》も、お互《たが》いを想いながら結ばれないってことにしてたんだけどなあ」

「……どうして変えたんですか？」

質問の形をとっていたけれど、なんとなくあかりは答えを知っている気がした。

春輝は机に身を乗り出し、ニッと笑いながら言う。

「あの絵を見たら、そうなるだろ？　希望の光が見えてるのに、悲恋《ひれん》にはできないって」

あかりは黙《だま》りこみ、机に置いた自分の指先へと視線を落とした。

直感的に、絵を描いているときのことを思い出しているのだろうと思った。

途端《とたん》にまぶしく感じて、春輝はぽつりとつぶやいていた。

「……早坂は、恋《こい》が何かつかんだんだな」

はじめて映画用の絵を見たときにも感じたが、いまは確信に変わっていた。
あかりは恋について自分なりの答えを見つけたからこそ、あれだけの世界が描けたのだ。
そう思った瞬間《しゅんかん》、春輝はたまらず質問をぶつけていた。

「選べって言われたら、恋愛《れんあい》する時間と絵を描く時間、どっちを取る？」

突然《とつぜん》の質問にもかかわらず、あかりは戸惑ったりも、笑い飛ばしたりもしなかった。
ただ静かにまぶたを伏《ふ》せ、凜《りん》とした声で答えた。

「以前の私だったら、何をおいても絵を描く時間を選んでたと思います」
「へえ。なら、いまは？」
「いまは……どっちも、どっちもほしいです」

春輝は意外な答えに、目を丸くする。

「早坂なら、迷わず絵のほうだと思ってた。でも、もう昔のことなんだ？」

責めるような口調になっていた自覚はあった。

だが言い直すほどの余裕《よゆう》は、春輝に残っていなかった。

（……たぶん俺は、寂《さび》しいんだ）


勝手にあかりを、自分と同類だと思っていた。

家族や友人、大切なものはいくつもあるが、寝食《しんしょく》を忘れるほど没頭《ぼっとう》してしまうものがある。

それは趣味《しゅみ》と呼べる領域をあっさりと越《こ》え、凶暴《きょうぼう》なまでに「選ばされて」しまうのだ。

何をしていても頭の片隅《かたすみ》に居座り続け、作品のことを考えるようになり、やがて周囲との間に見えない一線が引かれているように感じる。

その感覚を、自分以外にあかりも知っているだろうと。

「いまの質問……たとえ恋愛と絵じゃなかったとしても、私は絵だけを選ぶことはしないと思います。絵を描くってことは、もう私の一部だから」

張り詰《つ》めた空気を、あかりの澄《す》んだ声が震《ふる》わせた。

自分の一部だから比べようがないのだと言われ、春輝は「ああ」とつぶやく。

(なんだ、やっぱり俺と同じだったのか)


あかりにとって絵を描くことは「自分の一部」。

それは春輝を自由にしてくれる、魔法《まほう》の言葉のようだった。


(あー、なんだ……。やっぱ俺、あれこれ考え過ぎだったんだな)

春輝は視線を泳がせ、頭の後ろをかき、小さく笑った。

「やっぱ意見があうな」

以前に「恋は何色か」と聞いたときは、同じ感覚の持ち主に会えたことをよろこんでいた。

そしていまは、あのときよりもずっと晴れやかな気分だった。


「せ……春輝くん!」

「は、はい!」

急に大きな声で呼びかけられ、春輝はとっさに椅子《いす》から腰《こし》を浮《う》かせた。
（なんだ？　なんかいま、いつもと違《ちが》ったような……）
反射的に返事をしたが、なんともいえない違和感《いわかん》がある。
不思議に思っていると、あかりのまっすぐな視線に射《い》すくめられた。

「私と友だちになってください！」
（へっ？　友だち？）

予想外の言葉の連続に、春輝は固まってしまう。
その間もあかりは視線をそらさず、こちらをじっと見つめている。
（やべえな。これで勘違《かんちが》いとかだったら、立ち直れそうにないんだけど……）
春輝はますます困惑《こんわく》しながら、正直な想いを告げた。
「いや、もう友だちだと思ってたんだけど……」
春輝の言葉に、あかりはへたりと椅子の背もたれに体重を預けた。

脱力《だつりょく》してしまうほど、的外れな答えだっただろうか。

「え、何、友だちだと思ってたのって俺だけ?」

慌《あわ》てて尋《たず》ねると、あかりはハッと我に返り、前のめりになった。

「ううん、ありがとう!」


まぶしい笑顔《えがお》を向けられ、春輝は視界がパッと開けたような感覚を覚えた。

(……俺も、美桜に伝えてみるか)

あかりがしてくれたように、春輝が友情を示す分には、美桜も受け止めやすいだろう。

ただの友人としてなら、卒業後にアメリカに留学すること、ずっと美桜の絵が好きだったことを、正直に伝えていいのかもしれない。

それなら、春輝は自分を許せる気がした。


(言うなら、卒業式の前か)

告白ではないのだから、伝えるのは今日でも明日《あした》でもよかった。

だが、それでは春輝のほうがもちそうにない。

自分でも気づかないうちに、美桜への想いはあふれ出していた。こんな状態で、卒業式までの間、ただの友だちのフリをできるはずがなかった。

日本を発《た》つまでのカウントダウンは、すでにはじまっている。
早く卒業式になってほしい。
少しでも長く、美桜のそばにいたい。
相反する願いを抱《いだ》きながら、春輝は残り少なくなった高校生活を愛《いと》おしく思った。

丁寧《ていねい》にアイロンをかけたワイシャツをハンガーにかけ、美桜はほうっと息をつく。
この制服に袖《そで》を通すのも、明日で最後だ。
(なんだか、あっという間の三年間だったなあ……)
夜が明け、朝が来れば卒業式だ。
見送る側から見送られる側になるだけで、こんなにも違うとは思わなかった。

中学を卒業するときは、ここまで緊張《きんちょう》しなかった気がする。

(明日は卒業式だけじゃなくて、あれが待ってるからだよね)

ふりかえると、勉強机の上に置かれた赤い表紙のクロッキー帳が目に入る。

あの日、夏樹が自信をつかもうと漫画《まんが》に取り組む姿に触発《しょくはつ》されるようにして描《か》きはじめ、ついに今夜、最後の一ページが埋《う》まったところだ。


美桜は深呼吸して、クロッキー帳に手を伸《の》ばす。

一枚でも多く描けたらと分厚いものを探して買ったのだが、表紙がしっかりしていて、日記帳や絵本のようにも見える。

(春輝君、受け取ってくれるかな……)

卒業後には日本を離《はな》れる春輝に、何か思い出に残るようなものを渡《わた》したかった。

美桜が選んだのは、自分の絵で日々を切り取ることだった。

ページをめくるたびに、高校三年間の日々が、あざやかによみがえってくるように。

楽しかったことも、うれしかったことも、苦しかったことも、悔《くや》しかったことも……。

いつかあかりにこぼした想《おも》いも、隠《かく》すことなくすべて詰めこんだ。
心残りがあるとすれば、未完成のままになってしまった映像のことだけだ。
春輝が留学してしまうことになり、ますます完成は遠のいた。
（……でもきっと、いつか……）
最後に小さな仕掛《しか》けを施《ほどこ》し、美桜は魔法をかけるように「呪文《じゅもん》」をささやいた。
そしてクロッキー帳を抱《だ》きしめ、思い出たちに語りかける。
「秘密だよ」

その日は、あっけなくやってきた。
曇《くも》りがちな天気が続いていたところに、数日ぶりに気持ちのいい快晴だ。

(卒業式だし、天気も空気読んだのかもな)

校舎裏《うら》の桜の木に背を預けながら、春輝はぼんやりとそんなことを思う。

『式の前に、少し時間もらえないか？』

朝一番に美桜へ送ったメールには、すぐに返事がきた。

『うん。私も渡したいものがあるの』

それがなんなのかは聞けないまま、時間と場所を決めてやりとりは終わった。

美桜とメールするのはずいぶんひさしぶりだったけれど、まるで空白の期間などなかったように自然で、春輝はそれだけで鼻の奥がツンとした。

(ああ、本当に今日が最後なんだな)

改めて実感してしまうと、途端《とたん》に心がざわめきだした。

美桜との別れが迫《せま》っている。

わかっていたはずなのに、その事実がこんなにも胸をしめつけてくる。

優や蒼太、夏樹と、離れることを不安に思ったことはなかった。幼なじみとして育ってきた日々が、距離《きょり》や時間で自分たちの関係が崩《くず》れたりしないと確信をくれる。

高校で知り合ったあかりや恋雪とも、いつかどこかで再会したときには、いまと変わらず笑って話せるだろうと思っていた。

もしかしたら時間が空いた分だけ、それを埋めるように会話が弾《はず》むかもしれない。


(けど、美桜は……——)


離れた分だけ、どうしたらいいかわからなくなってしまうような気がしていた。

それはきっと、中途半端《ちゅうとはんぱ》な距離のまま離れることになるからだ。

だからこそ、今日ここで決着をつけなくてはならなかった。


「春輝君、おはよう」


ふいに美桜のやわらかな声に名前を呼ばれ、鼓動《こどう》が大きく跳《は》ねる。

春輝は暴れそうになる感情を必死で抑《おさ》えこみながら、小さな声で「おう」とだけ答えた。

何がおもしろかったのか、美桜は口元に手を当てて笑う。

（……そんな風に笑うなよ）

思わず声に出しそうになるが、なんとか思いとどまった。

春輝は後ろ向きな思考ごと断《た》ち切るように、頭をふってみせた。

「あのさ、今日呼んだのは、美桜にお願いがあったからなんだ」

「……お願い？」

美桜はきょとんと目を丸くして、リスのように小首を傾《かし》げた。

その愛らしさにドキリとしたが、春輝はぐっとこらえ、淡々《たんたん》とうなずく。

「そう。俺に餞別《せんべつ》ちょうだい」

言った瞬間《しゅんかん》、春輝の心臓は飛び出しそうなほど脈を打った。

卒業生同士なのに、餞別がほしいというのも変な話だ。きっと美桜は、どういうことかと理由を聞いてくるだろう。

そうなったら、いよいよ留学のことを話すことになる。

しかし美桜は何も言わずにうなずき、肩《かた》にかけていた鞄《かばん》から一冊の本を取り出した。

「これ、よかったら……」

「……あ、おう」

赤い表紙の本に見えていたものは、クロッキー帳だった。

パラパラとめくっていくと、美桜の丁寧で緻密《ちみつ》な筆致《ひっち》が切り取った世界が姿を現す。

いつの間に描いていたのか、デッサンの中には春輝の姿もあった。優と蒼太と一緒《いっしょ》に笑っていたり、真面目《まじめ》な顔でカメラをのぞきこんでいる。


「元気でね」


美桜の言葉に、春輝は弾《はじ》かれたように顔を上げた。

(元気でねって、どういう意味だ?)

なぜ美桜は、餞別を求めた春輝の真意を尋《たず》ねてこないのだろう。

これではまるで、クロッキー帳はもともと餞別に用意してくれていたかのようだ。

(まさか美桜、俺が留学すること……)

美桜がいまどんな顔をしているのか、知りたくてたまらない。
だが確認《かくにん》しようにも、春輝の位置からは逆光になって、美桜の表情はよく見えなかった。

(くそ……っ)

春輝が慌《あわ》てて前に出ると、美桜は後ろに下がる。
もう一歩前に出たなら、またその分、逃《に》げられてしまう気がした。
二人の間に緊張《きんちょう》が走り、春輝は身動きが取れなくなる。

あと一〇センチ。
めいっぱい手を伸《の》ばせば、ここからでも美桜の指先に届くはずだ。

(やべえ、心臓が痛くなってきた……)

鼓動はどこまでも正直だ。向き合う相手によって、速さがまるで違《ちが》う。
春輝の心臓は美桜と目があうときだけ、大きく脈打つ。
どんどん鼓動は速くなり、頭の中を疑問符《ぎもんふ》が駆《か》け巡《めぐ》った。

美桜の手を取って、そのあとどうするんだ？

現実は映画みたいにはいかないって、そんなのわかってるだろう？

本当にアメリカでも上手《うま》くやっていけるのか？

一生、映画と向き合っていく気があるのか？


自信はある。

だが同じくらい、不安だってある。

成功したら、そのときこそ美桜に想《おも》いを告げればいい。

いまは伝えるべきときではないのだ。


「……行かなきゃ、バイバイ」


元気でねと言われて、春輝は答えることはできなかった。

代わりにやっとの思いでつむいだ言葉に、美桜は笑い返してくれたように見えた。

頰《ほお》に光るものが見えた気がしたけれど、すぐに走り去ってしまったから、春輝には確認することができなかった。

卒業式を終えると、いつもの六人で教室に集まった。

配られたばかりの卒業アルバムに、思い思いにメッセージを書きこんでいく。

中学の卒業式でも同じような光景があったが、高校生になったいまは、もっとずっと、胸にくるものがある。

すぐそこまで迫《せま》っているからだろう。

中学時代とは比べものにもならないほどの距離《きょり》を伴《ともな》う別れが。


「よし、できた！　俺のサイン入りだからな、家宝にしろよ」

五人分の書きこみがあることを確認し、春輝は蒼太にアルバムを差し出した。

「はいはい、言ってれば」

蒼太は呆《あき》れた様子で答えながらも、口元が笑っている。

（……もちたは、やっぱこうじゃないとな）

式のときには少し泣いていたようだが、こうして笑っているほうが彼らしい。

しばらくは見られなくなるのがわかっているからか、余計に胸にしみていくようだ。目頭《めがしら》に熱いものを感じ、春輝は慌てて椅子《いす》から立ち上がった。


「なあ、俺のは？」

「……合田のとこ」

周囲を見渡《みわた》すと、正面に座っていた優がぼそっと低くつぶやいた。

春輝はとっさに何も言えず、うなずくだけで精一杯《せいいっぱい》になる。


ほかの面々はすでに油性マジックのキャップを閉じていて、美桜が最後のようだ。

美桜はその場の視線を一身に集めながら、豪快《ごうかい》にペンを走らせる。


（……何を書いてくれてるんだろうな）

悩《なや》んでいるようだったのは、単純に言葉が見つからなかったからだろうか。

それとも、特別なことを書こうとしてくれていたからか——。

考えるだけで、鼓動《こどう》が速くなっていく。

美桜がキャップを閉じると、夏樹がひょいっと背後からのぞきこんだ。

反対側からあかりも顔を出し、一瞬《いっしゅん》目を丸くしてから、なぜか笑い声が響《ひび》いた。

「ぷっ……。はは、あはは！　いいね、美桜」

手を叩《たた》いて笑う夏樹に、美桜は真面目な顔でうなずく。

「……これしかないかなって思って」

「うん、素敵《すてき》なメッセージだね」

言いながら、あかりは目尻《めじり》の涙《なみだ》をぬぐっている。

（いい、素敵と言いながら、笑っているのは、これいかに……？）

混乱する春輝をよそに、女子三人は大いに盛り上がっている。

その光景を優と蒼太が微笑《ほほえ》ましそうに見守っていて、春輝はお手上げ状態だ。

どう声をかけたものか迷っていると、美桜と目があった。


「家に帰ってから読んでね。……絶対だよ？」

「……わかった」

最後に六人で写真を撮《と》った。

夏樹たちは目が真っ赤だったけれど、シャッターが押されるときは輝《かがや》く笑顔《えがお》だった。

赤いクロッキー帳にその写真を挟《はさ》み、春輝はボストンバッグにしまいこんだ。


空港はざわざわとしていて、空気にのまれるように落ちつかなくなってしまう。

見送りは一切《いっさい》断っていたから、この場には春輝だけだ。


(……一五時になったら、もう空の上なんだな)

そして飛行機のたどりつく場所は、遠く離《はな》れたアメリカだ。

自分が望んだ未来が待っているというのに、いまいち実感がわいてこない。肩《かた》にかけたボストンバッグの重みだけが、これは現実なのだと教えてくれる。


ブー、ブブー。

ふいにポケットの中のケータイが震《ふる》え、春輝はのろのろと手を伸ばす。

忘れないうちに、搭乗前《とうじょう》に電源を切っておこうと画面を確認《かくにん》すると、そこには新着メールを報《しら》せるアイコンが表示されていた。

差出人の「美桜」という文字に、操作する指がぴたりと止まった。

全力疾走《しっそう》したあとのように鼓動が跳《は》ね、地面が揺《ゆ》れているような感覚に襲《おそ》われる。

このまま電源を切ったほうがいいのか、それとも――。

迷ったのは一瞬で、春輝は半ば衝動《しょうどう》的にボタンを押していた。

『ずっと待ってる』

じわりと視界が歪《ゆが》み、ケータイの画面に雫《しずく》が落ちる。

春輝が何も言えなくても、美桜はわかってくれていたのだ。

美桜からのメールに背中を押され、春輝はぐっと唇《くちびる》を噛《か》みしめて顔を上げる。

そこにはもう、迷いはなかった。

芹《せり》沢《ざわ》春《はる》輝《き》

誕生日／4月5日
おひつじ座
血液型／A型

映画研究部所属。
映画への熱い想いをもち、監督として活躍中。
揺るぎない夢がある。

Haruki Serizawa

chapter 7 ～7章～

今朝《けさ》は職員会議があるため、絶対に遅刻《ちこく》はできない。

念のため一時間早く目覚まし時計のアラームをセットしていたけれど、結局家を出るのは、いつもと変わらない時間になりそうだ。

身支度《みじたく》を整えた美桜は、忘れものがないかどうかリビングを見渡《みわた》した。

(あー、これはパッと見じゃわからないかも……)

引っ越《こ》しの準備中ということもあり、部屋のあちこちに物が散乱している。

準備に手間取ったのは、これが原因だった。


しかも三月、年度末だ。

ここ数日は忙《いそが》しすぎて、テーブルの上には片付けきれずにいる資料が山になっていた。

そこへ、荷造り中に発見して出しっぱなしの品も加わり、ますます収拾《しゅうしゅう》がつかなくなっている。段ボール箱へ詰《つ》めればいいだけなのに、どうしても手が止まってしまうのだ。

クローゼットの奥から取り出した、高校時代の卒業アルバム。

卒業式に撮《と》った、何枚かの写真。

そして先週末、あかりと蒼太から受け取ったＤＶＤ。

（思わず受け取っちゃったけど、やっぱり二人に返したほうがいいんじゃ……）

なかなか勇気が出ずに、まだ中身は見ていない。

高校の卒業制作で撮った映画の、未公開映像が入っていると言われたからだ。

近くのカフェで待ち合わせた二人は、挨拶《あいさつ》もそこそこに、ＤＶＤを差し出した。

夏樹と優の結婚《けっこん》式に流す映像を準備していた蒼太が、高校時代の映画研究部の作品を見返しているときに偶然《ぐうぜん》見つけたのだという。

『すごく素敵《すてき》だったから、美桜ちゃんにも見てもらいたいなあって言ってたの』

あかりはニコニコと微笑《ほほえ》み、「ね？」と隣《となり》に座る蒼太に同意を求めた。

蒼太も笑顔でうなずき、受け取ろうとしない美桜の手元にＤＶＤを置いた。

『コピーはもう取ったから、これは合田さんから春輝に渡《わた》してくれる？』

懐《なつ》かしい響《ひび》きに、美桜の鼓動《こどう》は大きく跳《は》ねた。

誰《だれ》かの口から、その名前を聞くのもひさしぶりだった。高校を卒業後、アメリカに留学したきり、美桜は一度も春輝と会っていない。


（なっちゃんたちの式の招待状には、参加に丸がしてあったって聞いたけど……）

もし春輝が本当に帰国するなら、七年ぶりの再会になる。

ずっと会いたかったのに、いざその機会が巡《めぐ》ってくると、美桜は怖《こわ》くなっていた。

忙しいからと理由をつけてＤＶＤを見ないのも、きっと根っこは同じだ。


高校を卒業してから七年経《た》ったいまも、美桜は変わらず春輝のことが好きだ。

想《おも》いを引きずったまま、今日まで歩いてきた。

結婚式の会場で春輝と再会したなら、アメリカに発《た》つ彼を、卒業式のときのように笑って見送れる自信がない。行かないでと、引き留めてしまうに決まっている。

そうなったとき、春輝はなんと言うだろうか。
沈黙《ちんもく》を破るようにスマートホンのアラームが鳴り、美桜はハッと息をのむ。
家を出ないと、このままでは遅刻だ。
「……やっぱり、あかりちゃんたちに返そう」
美桜はＤＶＤを手にとり、玄関《げんかん》へと急ぐ。
仕事帰りに宅配便で送り返そうと決め、ドアノブへと手をかけた。

美桜の勤務先は、母校の桜丘高校だ。
この道を目指すキッカケになったのは、高校時代に経験した、町内会の美術教室での先生役だった。人に教えるおもしろさと難しさ、そして生徒から返ってくる熱を糧《かて》に、美桜は学生時代よりもずっと楽しく絵と向かいあえるようになっていた。

（ここはずっと変わらないなあ……）

昼休みの美術室で午後の授業の準備をしながら、美桜はふとそんなことを思う。

教師も生徒も入れ替《か》わるけれど、学校特有の空気は変わらない。

まるで時が止まったかのように。


美桜には高校を卒業して以来、どこかで時間が止まってしまったような感覚があった。

だからだろうか、いつしか自宅よりも学校にいるほうが落ちつくようになっていた。


「わっ、こんなところに落書きが……」

朝はなかったから、一つ前の授業の生徒の仕業《しわざ》だろう。

机の端《はし》に鉛筆《えんぴつ》で相合《あいあ》い傘《がさ》が描かれ、「早く告白してこい」だの「きっと彼女も待ってるぞ」だのと、筆跡《ひっせき》の違《ちが》う文字が並んでいた。


「ふふっ、青春だなあ」

美桜は相合い傘を指でなぞりながら、口元をほころばせる。

教師として注意しなければならないのだが、微笑《ほほえ》ましさが勝ってしまう。

（そういえば私も、黒板に書かれたことがあったなあ）

当時のことは、昨日のことのように思い出せる。

ある朝、いつものように登校すると、なぜかワッと教室から声があがった。

視線が一気に集まり、美桜は思わず足が固まった。


『春カップルの片方が来たぞー』


誰かにそう言われたけれど、なんのことかまるでわからない。

戸惑《とまど》いながら教室を見渡すと、黒板に相合い傘が描《か》かれているのが目に入った。

（これって……私と春輝君⁉）

何度見直しても、傘の下には美桜と春輝の名前が並んでいる。さらに「春輝＋美桜＝春カップル」という文字も躍《おど》っていて、美桜はようやく状況《じょうきょう》がのみこめた。

春輝と出会ったのは、高校一年生の春だった。

クラスは離《はな》れていたけれど、何かと目立っていたから、一方的に名前を知っていた。

はじめて話したのは、いつだったのか。

気がつけば、顔をあわせるたびに他愛《たわい》もない話をするようになり、そのうち待ちあわせしたわけでもないのに、一緒《いっしょ》に帰るようになっていた。


春輝が男子にひっぱられ教室にやってくると、さらに歓声《かんせい》が上がった。

『おまえら、朝から盛り上がってんなー』

最初は不思議そうにしていたが、頭の回転の速い春輝はすぐに状況をのみこんだ。

黒板の前で立ち尽《つ》くしている美桜に駆《か》け寄り、落ちついた声でささやいた。

『気にすんなよ』

『……うん』


春輝は美桜がうなずくのを確認《かくにん》してから、勢いよく落書きを消しはじめた。

すかさずヤジが飛んだけれど、春輝は一切《いっさい》反応しなかった。

そんな風に冷やかされることが何度かあり、距離《きょり》ができそうになったときもあった。

けれど春輝の反応が素《そ》っ気なく、大人びていて、冷やかすほうが先に飽《あ》きた。夏休みが明ける頃《ころ》には、誰も何も言わなくなっていた。

「……懐かしいなあ」

声に出すと、こらえていたものが一気に胸の奥で弾《はじ》けた。

脳裏《のうり》にＤＶＤのことがよぎり、美桜はぎゅっと目をつぶる。

（どうしよう、やっぱり見たい……）

数ある春輝の作品の中で、卒業制作の映画は幻《まぼろし》の一本になっていた。

学生時代にネットで公開していたものはいまでも見られるし、コンペに出品したものは貴重な資料として、映画研究部の部室に残されている。春輝が国際的に活躍《かつやく》する映像作家となった現在は、短編集として一般《いっぱん》に流通しているものもあった。

だが卒業制作だけは、生徒会主催《しゅさい》の上映会でたった一度流したきりだ。

（大人になってからも同じテーマで撮《と》り直してるし、春輝君にとって、あれは絶対に思い入れのある作品なのに……）

この七年間、美桜のもとには春輝の作品が送り届けられてきていた。

一ヶ月、半年、二週間——。

前《まえ》ぶれもなく、不定期ながら、美桜の誕生日にだけは毎年必ず送られてくる。

近況《きんきょう》が書かれた手紙や、メッセージカードは一切入っていないけれど、小包が届くたびに、心のどこかでつながっている気がしてうれしかった。


もしも運命があるのなら、と美桜は思う。

自分の手元にあのDVDがやってきたことにも、きっと何か意味がある。

(ううん……。意味を持たせるのは、いつだって自分の行動次第《しだい》だ)

美桜は腕《うで》時計を確認し、足早に準備室へと入っていった。

鞄《かばん》からDVDを取り出すと、迷うことなくノートパソコンで再生をはじめた。

画面に映し出されたのは、見慣れた教室の床《ゆか》だった。


『それじゃあ春輝監督《かんとく》、お願いしまーす』

急に音声が入り、いまよりも少し高い蒼太の声が聞こえてくる。

続けて画面が揺《ゆ》れると、仏頂面《ぶっちょうづら》の春輝の姿が映った。

『おい春輝、そんな渋《しぶ》い顔するなって。一八〇度方向転換《てんかん》するんだから、役者にニュアンスをちゃんと伝えるためにも、ここはお手本を見せてもらわないと』

すぐ近くから優の声が聞こえてきて、カメラは彼が持っているとわかる。

どうやら映画本編ではなく、演技指導用に撮った資料のようだ。

制服姿の春輝に目を細めていると、蒼太の「アクション！」というかけ声が聞こえてきた。

春輝は主人公が想《おも》いを寄せる先輩《せんぱい》役を演じているようで、あかりの描いた絵を眺《なが》めている。

そして何かに気づいたようにカメラをふりかえり、ふっと表情をやわらげた。

（たしかこのあと、二人で絵の話をするんだよね……）

美桜の記憶《きおく》通り、春輝は相手の少女がこの場にいる体で演技を続けていく。

やがて主人公が告白をしそうになると、先輩役の春輝はさえぎるように彼女の名前を呼ぶ。

『美桜』

（……え？）

聞き間違《まちが》いかと思ったが、画面の中の春輝は再び美桜と繰《く》り返す。

『美桜、それ以上は俺から言わせてほしい』

これは演技だ。しかも、過去の映像だ。

頭ではわかっているのに、画面の向こうの春輝と目があうと、鼓動《こどう》が大きく跳《は》ねる。

『……俺は卒業したら、海外に留学するんだ。君のそばにはいられない』

『それでも、君は俺の手をとってくれる？』

『好きだ、美桜』

何より聞きたかった言葉が、こんな形で聞けるとは思わなかった。

気持ちが高まったあと、たちまち虚《むな》しさも襲《おそ》ってくる。

しんと静まり返ったカメラの向こうから、蒼太と優の明るい笑い声が続く。

『はい、カットー！　主人公の名前は美桜じゃなくて、ゆかりだからね？』

『アドリブっていうか、本音が出ちゃった感じだな』

『……うっせー、ほっとけ』

(本音？　いまのが、春輝君の……？)

美桜は頭が真っ白になり、力なく椅子《いす》にもたれかかった。

聞こえてくる声も、耳を通り過ぎていく。

『つか、気づいてたなら止めろよ。これじゃあ演技指導に使えないだろ、どうすんだよ』

『撮り直しだねえ』

『……この映像、絶対消せよ？』

映像は、そこでぷつりと消えていた。

真っ黒になったパソコンの画面には、ぼんやりとした美桜の顔が映る。

(もし、もし本当に……いまのが春輝君の本音だとしたら……)

卒業式の朝、無理に笑って見送らなくてもよかったのかもしれない。

あそこで逃《に》げずに手を伸《の》ばしていたなら、春輝と想いが通じ合っていたのかもしれない。

（……嘘《うそ》だよ、そんなのありえない）

浮《うわ》ついた心に冷や水をかけるのは、大人になった美桜自身だった。

当時、この映像を見ていたとしても、きっと春輝の気持ちを信じ切れなかったはずだ。春輝は冗談《じょうだん》で言ったのかもしれないとか。撮影《さつえい》したときはそうでも、いまは違《ちが》うとか。そうやって、いくらでも言い訳を探しただろう。

（でも、いまなら……）

春輝にふさわしい自分になろうと、引っ込み思案な性格を変える努力をしてきた。

こうして母校の教壇《きょうだん》に立ち、学生時代からの夢を叶《かな》えた。

七年という時間は決して短くないけれど、遠回りではなかった。美桜にとってかけがえのない、揺るぎない自信を得るために必要な時間だったのだと、胸を張って言える。

窓の向こうでは、青空が広がっていた。

高校時代、何度となく春輝と並んで見上げたような、雲一つない澄《す》んだ空が。


夏樹と優の結婚式《けっこんしき》を明日《あした》に控《ひか》えていたので、美桜は早めに仕事を切り上げた。

卒業式が終わり、終業式を待つばかりの校内は、のんびりとした空気が流れている。

顧問《こもん》を務める美術部も、年度内のコンクールはすべて終了《しゅうりょう》していた。いまは来年度に向けて、それぞれがゆっくりと準備を進めているところだった。

美桜は近道をしようと、正門ではなく校舎裏《うら》へと回る。

今年も桜の木がつぼみをつけ、早いものはすでに花びらを広げていた。

「お疲《つか》れ。いまから帰るとこ？」

聞き覚えのある声に足が止まったが、すぐには信じられなかった。

だが「おーい」と重ねて声が聞こえてきて、美桜はたまらずふりかえった。
裏門から近づいてくる人影《ひとかげ》は、ボストンバッグを肩《かた》にかけ、サングラスをしていた。
美桜と目があうと、相手は口角を上げ、ニッと笑いかけてくる。
その姿に、美桜は名前を叫《さけ》んでいた。

「春輝君……！」

相手は肩を揺らし、少し迷った素振《そぶ》りを見せてからサングラスを外した。
七年前と変わらず強い光を宿した瞳《ひとみ》が、まっすぐに美桜を見つめる。
途端《とたん》に美桜の鼓動は早鐘《はやがね》を打ちはじめた。
昼休みに、パソコンの画面越《ご》しに目があったときよりもずっと速く、そして力強い。

「……先生になったんだな」
「うん」
「俺は映像作家になったんだけど、って知ってるか」

「うん」

一歩、また一歩と、お互《たが》いに距離《きょり》を詰《つ》めていく。

そのたびに美桜の目には熱いものがにじみ出し、視界が揺《ゆ》らいでいった。

残り、一〇センチ。

手を伸ばせば相手の指先にふれられる距離で、春輝も美桜も足が止まる。

春輝にじっと見つめられても、七年前と違い、逃げ出したいとは思わなかった。

「あのさ、これありがとな」

言いながら、春輝はボストンバッグから見覚えのあるクロッキー帳を取り出した。

赤い表紙、合田美桜という署名、間違《まちが》いなく自分が贈《おく》ったものだ。

七年経《た》って少し日に焼けてはいるけれど、あの日、高校の卒業式に渡《わた》したときから変わらぬ姿に、春輝が大切に扱《あつか》ってくれていたことがわかる。

「……ずっと持っててくれたんだね」

「ああ、向こうにも持ってった」

「へっ⁉　な、なんで……？　荷物になっちゃうでしょ？」

「荷物じゃないよ。これは俺にとって大事なもんなんだ」

あっけにとられている美桜をよそに、春輝はクロッキー帳をめくりだす。

一枚一枚、大切そうにめくる仕草に、やわらかいまなざしに、美桜は胸がいっぱいになる。

「へこんだときとか、なんていうか、その……ホームシック？　的なものにかかったときとかさ、このクロッキー帳を見返してた」

春輝の弱音を聞くのは、これがはじめてかもしれない。

次から次へと押し寄せてくる感情の波にのまれながら、美桜は黙《だま》ってうなずく。

「最初は懐《なつ》かしいなとか、やっぱ一度帰ろうかなとか思うんだけど……美桜の声が、聞こえてくるんだ。『帰ってくんな』ってさ」

それは、美桜が卒業アルバムに書いたメッセージだった。

(覚えててくれたんだ。それに……)

クロッキー帳にかけた魔法《まほう》は春輝に届き、彼を支えていた。

その事実に、美桜はたまらずうつむく。いま口を開いてしまえば、言葉にならない想《おも》いが、涙《なみだ》になってあふれてしまいそうだった。


「それと、これ」

春輝が何か差し出しているのに気づき、美桜はそっと顔を上げた。

クロッキー帳はすでにバッグにしまわれ、春輝の手には一枚のＤＶＤがにぎられていた。

「……新作、かな」

かすれた声で尋《たず》ねる美桜に、春輝はなぜか急に視線をそらした。

「新作っていうか、ずっと待たせてたやつ……」


もしかして、という予感はあった。

だがすぐには信じられず、美桜はまじまじと春輝を見つめてしまう。

「それって、高校生のときに一緒《いっしょ》につくってたやつ……？」

「……覚えててくれたんだな。向こうで完成させたんだけど、受け取ってくれるか？」

はにかむように笑う春輝に、美桜は声も出せずにうなずく。

震《ふる》える指で受け取ったＤＶＤから、春輝の熱が伝わってくる。

（……何から、伝えればいいんだろう）

今度は自分の番だと思うのに、緊張《きんちょう》から喉《のど》が干上《ひあ》がり、唇《くちびる》は震えてしまう。

酸素が足りていないのか、次第《しだい》に足元がぐらぐらしてくる。

それでも美桜は、声を振《ふ》り絞《しぼ》った。

ずっとずっと呼びたかった、その名前を口にするために。


「あ、の……あのね、春輝君……」


「美桜」

映画で見たように、春輝はさえぎるように「美桜」と告げた。

そして手を差し出す。


（春輝君、指が震えてる……？）

自分と同じように、もしかしたらそれ以上に緊張しているのかもしれない。

手を差し出したまま、春輝は何も言わない。

（きっと昔だったら、焦《あせ》っちゃったんだろうな）

相変わらず心臓は悲鳴を上げそうなほど脈打ち、声も出そうにないけれど、美桜は不思議と落ちついていた。

答えを待つ勇気も、真意をたしかめる勇気も、この七年間で身につけたのだ。

「好きだ」

春輝はそうつぶやいて、美桜の指先にふれる。

「私も、ずっと春輝君のことが好きだったよ」

美桜は小さくうなずき、春輝の手を握《にぎ》り返した。

初恋《はつこい》のページは破り捨てられないまま、ずっと二人の中に残っていた。

その奇跡《きせき》を思いながら、美桜は春輝に笑いかける。

「おかえりなさい」

七年という時を超《こ》えて、二人の物語が再び重なった――。

epilogue ～エピローグ～

麗《うら》らかな春の光が、緑の美しい庭に降り注いでいる。
教会での挙式が終わり、いよいよガーデンパーティーがはじまろうとしていた。

（そろそろ時間ですね……）
恋雪はベンチから腰《こし》を上げ、カメラを手に新郎《しんろう》新婦の控《ひか》え室《しつ》へと向かう。
バラでつくられたアーチの下を歩いていると、どこからかすすり泣きが聞こえてきた。

（この声は……瀬戸口さん？）
新郎の妹が、こんなところでどうしたのだろう。
心配になり脇道《わきみち》にそれると、すぐにドレスアップした雛《ひな》の姿が見つかった。
彼女の隣《となり》には、スーツ姿の虎太朗《こたろう》が寄り添《そ》っている。

新婦の弟もいるとは思わず、恋雪は目を丸くした。

（道に迷った風にも見えないし……。ああ、涙を見られたくなかったのかな）

雛だけではなく、虎太朗も目を真っ赤にして、鼻をすすっている。ここは声をかけるより、見なかったフリをしたほうがいいだろう。

恋雪が身体《からだ》の向きを変えようとしたとき、雛の口から自分の名前が飛び出した。

「虎太朗の嘘《うそ》つき。こゆき先輩《せんぱい》、いないじゃん」

「……たしかに後ろ姿を見た気がしたんだよ」

「たしかに、気がしたって、結局どっちなわけ？」

「……そういや、ブーケが取れてよかったな」

質問には答えず、虎太朗は強引《ごういん》に話題を変える。

雛はムッと唇を尖《とが》らせたが、手にしたブーケに視線を落とすと「まあね」とつぶやいた。

「なっちゃん、キレイだったね」

「……おう」

「お兄ちゃんもカッコよかったし！　ホント、文句なしだよ」

「…………」

「ちょっと虎太朗、なんでそこで黙《だま》っちゃうの？」

「お、俺は！　夏樹がしあわせなら、それでいいんだ……っ」

叫《さけ》ぶなり虎太朗が男泣きをはじめたため、雛の涙はひっこんでしまったようだ。

「シスコン」「お兄ちゃんを信頼《しんらい》しろ」などと言いながら、雛は虎太朗の頭をなでている。

（……相変わらず、仲がいいなあ）

本人たちが聞けば、コンマ一秒で反論するだろう。

その様子が簡単に想像できて、恋雪はふっと笑いながら、今度こそ二人に背を向けた。

深呼吸をして、控え室のドアをノックする。

中から夏樹の返事が聞こえてきて、恋雪はそれだけで胸がいっぱいになった。

「ゆっきー！　待ってたよ、早く写真撮《と》ろう」

大人になり、ぐっと頼《たの》もしくなった蒼太が、真っ先に恋雪に気づいて手招きしてくれる。

その隣で、ますますキレイになったあかりも、大きく手をふってくれていた。

「綾瀬くーん、一緒に写りましょー」

二人に笑ってうなずき返すと、背後からぐいっと肩《かた》に手が回ってきた。

驚《おどろ》いて首を回すと、懐《なつ》かしい顔と目があう。

「えっ、芹沢君!?　こっちに帰ってたんですね」

「またすぐ向こうに戻《もど》るけどな。にしても綾瀬、ネクタイ決まってんなー」

海外でさまざまな経験を積んできたのか、すっかり精悍《せいかん》になった春輝がニヤリと笑う。

「春輝君はサングラスは似合ってたのに、スーツを着ると七五三みたいだよね」

「……美桜さん、勘弁《かんべん》してください」

「ふふっ」

美桜はやわらかい雰囲気《ふんいき》はそのままに、しなやかな強さを感じさせる笑《え》みを浮《う》かべた。

春輝との間に流れる空気も、学生のころとは何かが違《ちが》っていた。

(もしかして、芹沢君と合田さん……)

あえてたしかめることはせず、恋雪は心の中で「よかったですね」とつぶやいた。


「恋雪くん！　吉田《よしだ》先生の新刊、もう読んだ？」

「おいおい、結婚《けっこん》式でまで漫画《まんが》の話かよ……」

「そういう優だって、春輝たちと映画の話で盛り上がってたくせにー」

新郎新婦は式場でも相変わらずで、恋雪は思わず吹《ふ》き出してしまう。

(榎本さんは、やっぱり真夏の太陽みたいだ)

夏樹のことを思うと、胸の奥がしめつけられる。

そして細胞《さいぼう》の一つ一つが、これ以上なくしあわせだと謳《うた》うのだ。


「――それじゃあみなさん、写真を撮りますよ！」

人生を一冊の本にたとえたなら。

いろんな物語が交錯《こうさく》して、さまざまな絵が彩《いろど》り、一冊の本になるのだろう。

人は一人では生きられないから、誰《だれ》かとぶつかり、寄り添い、物語をつむいでいくのだ。


(このページも、あの時のページも、私の初恋《はつこい》でした)

HoneyWorks メンバーコメント!

Gom

残り56cmのbrave
があったならぁ〜

ありがとう4/17

shito

初恋の絵本小説化ありがとうございます。
イントロから好きです。

ziro

突然の雨で戸惑ってる美桜に
無言で傘を渡し、
走り去っていく春輝
キュンキュンしますね。

※ただの妄想です

じろ

cake

初恋の絵本はハニワ楽曲の中でかなりのお気に入り曲です!
小説化バンザーイ!!

Cake

小説化ありがとうございます!!
ハニワ曲恋愛シリーズ1曲目でもあり、思い入れのある
2人でしたが、お話を読んで、さらに愛おしく
なりました。ぜひぜひ、切なキュンキュンを
楽しんで下さい!
yamako
ヤマコ
サポートメンバーズ
Oji
小説化ありがとうございます!!
Oji
枕だよ。→
みおう

サポートメンバーズ

初恋の絵本
小説化ありがとうございます！
ヤマコ先生が春輝美桜のイラスト描いてるのを
見るだけで、息があらくなるくらいにはこのカップルが好きです！
こんな恋をしたかった…。
小説読んで、一緒にキュンキュンしましょう！
ろこる

ろこる

祝
初恋の絵本
小説化！
告白予行練習シリーズ小説第３弾!!
おめでたいですね
私も学生時代、人が「漫画かよ!!」と
うらやむような恋がしたかったです!!!!!
小説を読んでキュンキュン♡して恋しましょ!!
モゲラッタ

モゲラッタ

BEANS BUNKO

「告白予行練習　初恋の絵本」の感想をお寄せください。
おたよりのあて先
〒102-8177　東京都千代田区富士見2-13-3
株式会社KADOKAWA　角川ビーンズ文庫編集部気付
「HoneyWorks」・「藤谷燈子」先生・「ヤマコ」先生
また、編集部へのご意見ご希望は、同じ住所で「ビーンズ文庫編集部」
までお寄せください。

告白《こくはく》予行《よこう》練習《れんしゅう》
初恋《はつこい》の絵本《えほん》

原案／HoneyWorks　著／藤谷《ふじたに》燈子《とうこ》

角川ビーンズ文庫　18850

平成26年11月1日　初版発行
令和7年5月10日　28版発行

発行者———山下直久
発　行———株式会社KADOKAWA
〒102-8177　東京都千代田区富士見2-13-3
電話 0570-002-301（ナビダイヤル）
印刷所———株式会社暁印刷
製本所———本間製本株式会社
装幀者———micro fish

ISBN978-4-04-101578-0 C0193 定価はカバーに表示してあります。

原案／HoneyWorks
著／藤谷燈子
イラスト／ヤマコ
新たな恋の物語が始まるよ――！
「告白予行練習」シリーズ
第4弾は
2015年発売予定！

角川ビーンズ小説大賞
原稿募集中!
君の"物語"がここから始まる!
角川ビーンズ小説大賞がパワーアップ!
https://beans.kadokawa.co.jp
詳細は公式サイトでチェック!!!
【一般部門】&【WEBテーマ部門】
賞金 大賞 100万円
優秀賞 30万円
他副賞
締切 3月31日
発表 9月発表(予定)
イラスト/紫 真依

今も思い出すの

8:28

は……春輝君って、好きな人とかいる？
うん、いるよ
好きなやつ、いるよ
告白予行練習
初恋の絵本
原案／HoneyWorks　著／藤谷燈子　イラスト／ヤマコ

美桜は？
いるよっ
そっか
残り10cmの
勇気があったなら――